SOB A NEVE DE
BARI

Três almas, um só amor em Bariloche

CB033569

Sili Romani

SOB A NEVE DE BARI

Três almas, um só amor em Bariloche

1ª edição / Porto Alegre-RS / 2024

Capa e projeto gráfico: Marco Cena
Revisão: Simone Borges
Produção editorial: Maitê Cena e Bruna Dali
Produção gráfica: André Luis Alt

Dados Internacionais de Catalogação na Publicação (CIP)

R758s Romani, Sili
      Sob a neve de Bari : três almas, um só amor em Bariloche. / Sili
      Romani. – Porto Alegre : Edições BesouroBox, 2024.
      176 p. ; 14 x 21 cm

      ISBN: 978-85-5527-136-6

      1.   Literatura brasileira. 2. Novela. I. Título.

CDU 821.134.3(81)-31

CIP - Catalogação na fonte. Paula Pêgas de Lima CRB 10/1229

Copyright © Sili Romani.

Todos os direitos desta edição reservados a
Edições BesouroBox Ltda.
Rua Brito Peixoto, 224 - CEP: 91030-400
Passo D'Areia - Porto Alegre - RS
Fone: (51) 3337.5620
www.besourobox.com.br

Impresso no Brasil
Março de 2024.

Para Daniel De Leon

Quarenta e seis anos após perder-te de vista
escrevi, com este, seis livros e, embora não fazendo
parte da minha vida durante a escrita deles,
te percebo, soberano, em cada um.
O primeiro foi aquele que te encontrou
e te trouxe de volta para mim.
Este último te encantou!
Às vezes, nos encontramos nos livros.
Às vezes, os livros nos encontram.
Às vezes, nos encantamos com um livro.
Às vezes, os livros nos encantam.
O maior propósito da vida é o amor!
Sigamos deixando nossas pegadas por esse
mundo, como fizemos no princípio... lado-a-lado.
E continuemos, assim, até o final.

Sumário

Prólogo 9

1. Bari 11

2. No hotel 19

3. Quarto dia 23

4. Sede de você 31

5. Quinto dia 38

6. Sexto dia 47

7. Sétimo dia 54

8. O passado 63

9. Oitavo dia 71

10. Nono dia 79

11. Despedida 86

12. Argentina 93

13. Brasil 100

14. Estou aqui 107

15. Juntos...115

16. Adeus 124

17. Frédéric..130

18. O tempo 136

19. Uma nova chance 143

20. Destino 152

21. Serei por nós..161

22. Por teu amor, em Bari 168

PRÓLOGO

Para qualquer um que os visse brincando na neve, durante a temporada de esqui em Bari, eles representavam o modelo de uma família linda e feliz.

Para os três, aquele era o princípio de uma amizade que prometia nunca morrer, além de umas férias inesquecíveis.

Para quem acredita no acaso, um encontro improvável, daqueles que acontecem a cada mil anos, com somente duas pessoas no mundo. Por eles serem três — a cada mil e quinhentos anos.

Mas, para quem crê que o Universo tece o encontro das almas, tudo já havia sido preparado há muito. Engenhosamente arquitetado para aquele exato momento, naquele lugar, com aquelas três almas.

Difícil seria para qualquer um, no momento daquele encontro, mensurar a complexidade da fórmula, criada pelo Universo, para transformar as alegrias em tristezas, e estas em aprendizado.

Impossível seria prever, em meio aos sorrisos tão brancos quanto a neve que caía em abundância, que existem outros fios, não menos importantes, compondo a tecelagem dos destinos e que o tempo é preciso e não se engana.

Eles seguiram os sinais enviados pelos seus corações. Cruzaram vales e oceanos na busca pelas férias perfeitas, fosse para descansar, para esquiar ou para fotografar. Mas o que encontraram, nenhum deles esperava.

Grande é o tempo que se faz pequeno diante da história de um grande amor!

1. BARI

Era o inverno de 1997, na Cidade de San Carlos de Bariloche, ou Bari, como é carinhosamente chamada por aqueles que já a conhecem e se encantaram pelo lugar.

Bariloche é uma cidade argentina que fascina os visitantes por suas belezas naturais: lagos e montanhas. Está localizada a 1.600 quilômetros ao sul de Buenos Aires, junto à Cordilheira dos Andes, na fronteira com o Chile.

No mês de julho, com neve em abundância, esquiadores profissionais e amadores de diversas localidades se encontravam na cidade para praticar.

Aquele inverno havia se mostrado atípico: a quantidade de neve estava muito acima da média para o início do mês de julho.

Nem todos os turistas estavam ali em busca da prática de esportes na neve. Alguns procuravam somente descansar em meio à natureza gelada e deslumbrante do lugar.

Foi com esse intuito que Sílvia, chegou à cidade no final de uma segunda-feira nublada — o que não diminuía, em nada, a beleza do lugar.

O hotel em que ela se hospedou tinha vista para o lago Nahuel Huapi, a leste, e para a Cordilheira dos Andes, a oeste. Assim que entrou na sua suíte, abrindo as cortinas da porta envidraçada, seu olhar perdeu-se na imensidão gelada do lago.

Enquanto desfazia as malas, já separava as roupas que usaria depois do banho, as quais estaria vestindo durante o jantar no restaurante do hotel: calça jeans escura e uma blusa em linha mescla — com predominância do azul royal — e gola alta.

Próximo à porta envidraçada da suíte havia uma banheira com hidromassagem, muito convidativa. Mas ela deixaria para outra ocasião, de preferência durante o dia, quando poderia admirar a vista enquanto relaxasse. Naquele momento, a ducha quente do banheiro mostrava-se perfeita.

Antes de deixar a suíte, calçou um par de sapatos de salto azul noite e saiu em direção ao restaurante do hotel, que estava localizado no andar térreo e também tinha vista para o lago.

Não havia muitos hóspedes naquele horário no restaurante. O bufê parecia ter sido colocado há pouco, e somente duas pessoas serviam-se quando Sílvia sentou-se a uma mesa, próxima das grandes janelas envidraçadas.

Em seguida, serviu-se. Além de estar faminta, sentia-se também cansada da viagem. Havia passado por três aeroportos até chegar ali; em um deles, o atraso do voo fora cansativo e entediante.

Enquanto jantava, em meio ao quase silencioso restaurante, que contava com uma música ambiente suave, pensava na bênção de estar naquele lugar que, há muito, gostaria de conhecer.

O seu maior objetivo para viajar durante essas pequenas férias era o de descansar. E, mesmo sabendo que Bariloche, no inverno, deveria estar cheio de turistas, não quis perder a oportunidade de conhecê-la.

Sílvia tinha 30 anos e gerenciava uma rede de postos de combustíveis em uma capital da Região Sul do Brasil. Competente e extremamente focada no seu trabalho, nunca tirara um mês de férias para descansar. Nessa viagem, seriam apenas dez dias, contando com os dois que estaria em trânsito.

Difícil seria desligar-se mentalmente da empresa. Ela se distraía e, em seguida, tornava a pensar em contratos, fornecedores, estratégias de vendas...

Assim que terminou o seu jantar, retornou à sua suíte. Escovou os dentes, vestiu um pijama leve, deitando-se na confortável cama king, com um livro de romance às mãos.

Era um hábito ler antes de dormir. E assim que precisou reler um parágrafo do livro, percebeu que o sono havia se instalado. Desligando a luminária embutida na guarda da cama, dormiu profundamente.

Quando despertou, na manhã seguinte, mal conseguia abrir os olhos. Uma forte enxaqueca praticamente a impedia de se levantar. Porém, como a enfermidade a acompanhava desde criança, sabia como agir para combatê-la.

Procurou o medicamento em sua bolsa e engoliu um comprimido com um pouco de água que buscou no frigobar. Depois, deitou-se. Sabia necessitar dormir novamente, ou a dor na cabeça e o enjoo não cessariam. Apenas sentia muito que perderia pelo menos uma manhã das suas férias... se tudo corresse bem.

Quando acordou, já passava das 14 horas e, para sua felicidade, não sentia mais dor nem enjoo, somente muita fome.

Imaginando que não conseguiria mais almoçar no restaurante do hotel àquela hora, decidiu que, depois do banho, desceria em busca de café e um lanche.

Sílvia era uma mulher prática e não muito vaidosa, sequer tinha tempo para isso. De maquiagem, usava somente rímel, que realçava os seus olhos verdes, e batom cor de boca. E foi o que usou, após vestir-se com a mesma roupa da noite anterior, para se encaminhar à cafeteria do hotel.

Assim que entrou no lugar, percebeu que uma mesa junto à parede — praticamente toda de vidro fumê — estava sendo desocupada por um casal.

Ela se dirigiu àquela mesa e sentou-se, enquanto o garçom retirava a louça usada pelo casal.

Após pedir um cappuccino e um pão de queijo sem demonstrar muita dificuldade com o idioma, ficou a observar a paisagem estupenda através das vidraças.

A vista era da majestosa Cordilheira dos Andes. E, distraidamente, ela apreciava a beleza do lugar em um dia ensolarado, quando o garçom chegou com o seu lanche, assustando-a. Ele se desculpou. Ela apenas sorriu e agradeceu.

Sílvia saboreava o cappuccino, especialmente cremoso, com uma pitada de canela, quando percebeu um homem, de pé e de costas para a sua mesa, fotografando através das vidraças com o que parecia ser uma câmera fotográfica profissional.

Ela observava a intimidade dele com a câmera, procurando diferentes ângulos e fazendo inúmeras tomadas. Enquanto o olhava, ele virou-se encontrando os seus olhos. Imediatamente, ela tornou para a vidraça ao seu lado. Buscou a caneca de cappuccino com as mãos, sem olhar para ela... usando apenas o tato. Depois, vagarosamente, olhou em direção ao homem, somente para ter certeza de que ele não a olhava mais. Mas encontrou novamente os olhos dele sobre si. Então, segurou a caneca com as duas mãos e olhou para a bebida dentro dela.

Não se passou um minuto antes que o estranho estivesse a sua frente, do outro lado da mesa, fazendo com que ela levantasse os olhos lentamente sem erguer a cabeça.

Sílvia largou a caneca, levantou a cabeça e examinou o rosto dele, que, nesse momento, tinha um sorriso sutil e cativante nos lábios e nos olhos.

Estendendo-lhe a mão, ele se apresentou:

— Marco.

Ela retribuiu:

— Sílvia.

Falando muito rapidamente enquanto indicava a cadeira vazia a sua frente, ele deu a entender pedir permissão para sentar-se em sua companhia.

Ela assentiu, acrescentando, em espanhol, que ele falasse mais devagar. Explicou-lhe que compreendia bem o idioma, desde que não falasse muito rápido.

Ele perguntou-lhe se era brasileira, e ela, concordando, questionou-lhe:

— Tenho cara de brasileira ou foi o sotaque?

— Você fala portunhol — divertiu-se antes de completar: — Eu também! E muitos outros nesta região.

Sílvia sorriu enquanto admirava o sorriso dele, em um rosto o qual julgava muito sensual: a tez morena clara, olhos castanho-escuros, pequenos e profundos, sobrancelhas levemente arqueadas, nariz longo e afilado e boca grande com lábios carnudos.

— Você trabalha aqui no hotel? — ela perguntou-lhe, apontando para a câmera em sua mão, imaginando que ele era um fotógrafo contratado pelo estabelecimento.

Ele pareceu não compreender muito bem o questionamento. Quando se deu conta, riu e, largando a câmera sobre a mesa, explicou:

— Não! Sou hóspede. A fotografia é uma paixão antiga.

— Mas você é argentino! — afirmou ela.

— Sim! Natural da capital, Buenos Aires. Mas, atualmente, moro em Mar del Plata. Você conhece?

— Conheço Buenos Aires, mas Mar del Plata não, embora já tenha ouvido falar.

— E você? De que parte do Brasil você vem?

— Região Sul. Rio Grande do Sul, para ser mais precisa.

— Gaúcha! Por isso compreende bem o espanhol.

— Conhece o Rio Grande do Sul?

— Conheço somente a capital e Uruguaiana. E São Paulo... é região... — ele procurava lembrar-se.

— Sudeste — Sílvia o ajudou.

— Isso! Região Sudeste — ele repetiu e prosseguiu: — Tenho vontade de conhecer as praias do Nordeste brasileiro. Ouvi dizer que são lindas.

— São maravilhosas! Não irá se arrepender.

Nesse momento, um garoto com um largo sorriso estampado no rosto alvo sentou-se ao lado de Marco, fazendo com que o argentino virasse o rosto em direção a ele.

Sílvia imaginava se aquele seria filho dele. Apesar de achá-lo jovem demais para ter um filho daquela idade, visto que o garoto aparentava uns 20 anos.

Mas, assim que Marco o apresentou — Frédéric — e ele falou em um espanhol com sotaque francês, ela percebeu haver se enganado.

O diálogo, que já era meio truncado, aumentou o grau de dificuldade naquela mesa. Enquanto os dois homens conversavam e olhavam para Sílvia, que não os compreendia, ela especulava, conversando consigo mesma: "Seriam namorados? Não! Ele não se sentaria à minha mesa se estivesse com o namorado. Ou sentaria?" E ela começava a ficar sem jeito.

— O espanhol dele é horrível — observou Marco. — Mas ele é esforçado — sorriu.

Frédéric olhava para o argentino com profundidade. E Sílvia tentava decifrar se era admiração, paixão ou um esforço enorme em tentar compreendê-lo.

Sem saber muito bem como perguntar o que queria, ela arriscou:

— Vocês estão juntos?

Marco franziu as sobrancelhas, estreitando os olhos. Parecia confuso.

Então ela tentou reformular:

— Quero dizer, são amigos? Estão viajando juntos?

— Ah! — ele tornou a sorrir. — Nos conhecemos há dois dias, aqui no hotel mesmo. Ele estava meio perdido.

— E você, Marco? Fala francês?

— Nem uma palavra. Mas também sou esforçado e... espero poder ajudá-lo. É um bom garoto — ele sorriu, olhando para o francês ao seu lado, que, nesse momento, olhava para Sílvia com um sorriso largo e assentindo com a cabeça, como se houvesse compreendido aquilo que o outro dissera.

Virando-se para Marco, o garoto demonstrou interesse em sair do hotel para aproveitar o dia.

Marco, percebendo que ela não compreendera nada do que fora dito, explicou-lhe, convidando-a a acompanhá-los no passeio. Porém, Sílvia recusou, dizendo-se cansada e sugerindo que em outra ocasião... quem sabe.

2. NO HOTEL

Após percorrer as dependências do hotel para fins de reconhecimento, Sílvia jantou no restaurante e, em seguida, recolheu-se. Embora fosse cedo para os seus costumes, às 18 horas, a noite já se apresentava.

Ela procurou por Frédéric e Marco no restaurante, mas eles não apareceram por lá. Deveriam ter saído para jantar fora.

Nessa segunda noite, leu quase o livro inteiro. Como dormira muito durante o dia, não tinha sono algum.

No segundo dia em Bari, ela havia marcado alguns passeios com um grupo de turistas — o que a manteve ocupada o dia inteiro. Saíra do hotel pela manhã, antes mesmo do sol surgir, retornando, exausta, à noite.

O cansaço era tamanho que não desceu sequer para jantar. Pediu um lanche e lanchou na suíte, antes de tomar o seu banho e jogar-se na cama.

Apesar de ter gostado muito de toda a programação do dia, lembrava-se de que estava ali para descansar e, no momento, sentia-se mais cansada do que quando chegou.

Na manhã do dia seguinte, ela decidiu que pegaria mais leve. Talvez uma caminhada pelas margens do lago, ou, quiçá, uma visita ao centro de Bari.

Porém, ao abrir as cortinas da porta que dava acesso à varanda, percebeu nevar muito. Isso, com certeza, interferiria nos seus planos.

Ela desceu para o café e, assim que passou pela porta do restaurante, avistou o francês e o argentino, sentados a uma mesa, com três mulheres lhes fazendo companhia.

Dirigindo-se diretamente ao bufê, serviu-se de suco, café e um bolo, que parecia ser de cenoura, pela cor, e sentou-se a uma mesa junto à janela. O restaurante estava lotado, e a mesa à qual se sentara era a última disponível.

Enquanto fazia a sua refeição, percebeu que um casal com uma criança, que deveria ter por volta de dez anos, procurava uma mesa para sentar-se. E, imediatamente, ofereceu-lhes para juntarem-se a ela.

Sílvia serviu-se de mais uma xícara de café, enquanto fazia companhia para os novos amigos que conversavam animadamente. Como eles também eram brasileiros, a comunicação fluía.

Depois da segunda xícara, ela despediu-se do casal e levantou-se. Iria escovar os dentes em sua suíte e, em seguida, passaria pela biblioteca do hotel para procurar algum livro, visto que o seu estava chegando ao fim.

Entretanto, quando passava pela soleira da porta do restaurante, uma voz grave e charmosa falou às suas costas, quase ao seu ouvido:

— Achei haver sido privilégio meu sentar-me à sua mesa.

Ela virou-se, olhando para Marco, que tinha aquele leve sorriso no canto da boca.

— Não sei se compreendi — assumiu, franzindo a testa.

— Você tinha outras pessoas à sua mesa.

— Ah! Sim! Você também! — avaliou ela.

— Amigas do Frédéric — ele argumentou, arqueando as sobrancelhas.

Ela somente sorriu, acenando com a cabeça e saindo da frente da porta para permitir que os demais hóspedes pudessem transitar. Marco a acompanhou.

— O que você planeja fazer hoje? — ele sondou.

— Vou ver se encontro algum livro que me interesse na biblioteca e descansar enquanto leio.

— O dia inteiro?

— Eu pensei em passear pelo lago, ou no centro, mas o tempo não está ajudando...

— Não está mesmo. Mas existem outras distrações aqui...

— Não gosta de ler? — ela o questionou.

— Gosto! Muito! Quando estou em casa! Quando viajo, prefiro aproveitar o que o local oferece.

— É! Faz sentido! Quem sabe à tarde?

— Podemos almoçar juntos? — ele a convidou.

— Podemos! A que horas você almoça?

— Ao meio-dia. Está bom para você?

— Está ótimo! Encontro você aqui, então.

— Certo! Boa leitura!

Ela agradeceu se retirando.

Na biblioteca, Sílvia encontrou alguns livros em português, mas preferiu levar um em espanhol. "Será uma forma de aproveitar o que o local oferece", pensou enquanto sorria.

Ao meio-dia em ponto, ela se encontrava com Marco e Frédéric, no restaurante do hotel, que já estava cheio. Com o tempo ruim, parecia que comer seria a diversão de todos.

Eles já estavam sentados, portanto o seu lugar estava garantido. E ela se dirigiu à mesa deles, sentando-se à frente de Marco, que estava ao lado de Frédéric.

Durante o almoço, Marco comentou que o tempo estava melhorando e possivelmente conseguiriam aproveitar um pouco da tarde na rua, desde que bem agasalhados, porque o frio se manteria.

Sílvia concordou. Por mais que desejasse descansar, não queria passar as suas férias inteiras lendo.

Todavia, o clima não mudou o suficiente para poderem sair do hotel e, assim, eles se encaminharam à sala de jogos, onde passaram a tarde.

O diálogo com Marco já estava bem mais fácil, mas com Frédéric parecia impossível.

Eles saíam da sala de jogos, quando Marco convidou Sílvia para se encontrarem no bar do hotel, mais tarde. Mas ela declinou. Preferia dormir cedo e acordar-se cedo no dia seguinte para aproveitar o dia, caso o tempo melhorasse.

E o quarto dia prometia ser ótimo.

O clima estava excelente. Havia sol na rua, embora o frio fosse intenso, mas isso não a impediria de passear à beira do lago como gostaria. E foi o que fez, sozinha, já que os amigos não apareceram para o café.

Eles só voltaram a se encontrar à tarde, na cafeteria do hotel, como da primeira vez que se viram. O primeiro a chegar foi Marco e, depois, Frédéric.

Após o café, se prepararam para aproveitar o dia frio, junto à neve.

Enquanto Sílvia subia à sua suíte para buscar um agasalho, eles a esperaram no saguão do hotel.

3. QUARTO DIA

Enquanto aguardavam por Sílvia, Marco e Frédéric conversavam, ou tentavam conversar, pelo menos, acerca do que fariam à noite: jantar em um restaurante da cidade, visitar algum bar mais agitado...
Frédéric propôs uma balada. Marco olhou-o com o canto dos olhos e sorriu. Depois, esclareceu que as baladas eram ótimas para estudantes... com a idade dele. Então, sugeriu que aguardassem por Sílvia para decidirem juntos a programação da noite.
O garoto inquiriu o argentino, de onde ele e Sílvia se conheciam.
— Aqui do hotel! — Marco respondeu com estranhamento. — Eu a conheci no mesmo dia que você.
Surpreso, Frédéric expôs que eles pareciam se conhecer há muito. Mas Marco garantiu-lhe que não. Depois, lembrou-o de que eles se conheciam há somente cinco dias. No entanto, parecia que já se havia passado muito tempo.

Quando Sílvia chegou ao saguão, Marco a olhou de cima a baixo. Ela, percebendo, perguntou se tinha algo errado.

— Acho que você vai sentir frio. Está faltando um cachecol, um par de luvas e uma touca, para dizer o mínimo.

— Eu não sinto muito frio, e o dia está ensolarado — contrapôs-se.

Ele lançou um olhar do tipo "você é quem sabe", com um meio sorriso, e sinalizou com a mão para a porta, indicando que ela passasse à sua frente.

Ela transpôs a soleira da porta, pensando que talvez ele tivesse razão. Havia um vento frio agora que não estava ali pela manhã, mas seria corajosa e encararia a baixa temperatura.

Os dois homens estavam bem agasalhados. Ambos eram muito acostumados com o frio extremo.

Marco observava Sílvia, que se encolhia cada vez mais durante o passeio pelas ruas. Então, sugeriu um passeio de carro pelo centro da cidade. A brasileira concordou de pronto. Tudo de que precisava era um lugar quente.

De volta ao hotel, Marco buscou o seu carro parando, junto à entrada, para os dois embarcarem.

O francês e a brasileira olhavam-se e viravam para o carro. Pareciam conversar com os olhos, procurando decidir quem se sentaria no banco da frente e quem se sentaria atrás.

Marco riu, sacudindo a cabeça. Desceu do carro e parou na frente dos dois, abrindo as duas portas simultaneamente. E, quando Frédéric se adiantou para sentar-se no banco da frente, ele colocou uma mão no peito do garoto e, com a outra mão, indicou o banco de trás, erguendo as sobrancelhas. Sílvia riu com discrição e sentou-se à frente.

No carro, ela aproveitou o ar quente da calefação para aquecer as mãos e a ponta do nariz. Pensava que, mais um minuto no frio, o seu nariz cairia. Marco observava procurando não rir.

Quando finalmente sentiu-se aquecida, Frédéric sugeriu que estacionassem o carro e caminhassem pelas ruas do centro. Marco consultou Sílvia apenas com os olhos, que concordou insegura.

Durante a caminhada, ela entrou na primeira loja que avistou, comprando um cachecol, uma touca e um par de luvas. Enquanto experimentava, os amigos opinavam. E, quando ela estava saindo da loja, com o cachecol apenas jogado sobre os ombros, Marco parou na sua frente, dando duas voltas com o cachecol em torno do pescoço dela, mantendo-o bem justo. Depois, fechou o agasalho, impedindo que o frio a atingisse.

Então, ele olhou diretamente em seus olhos. Foi nesse momento que ela sentiu que aquele homem a sua frente seria muito mais do que um grande amigo.

Os três passeavam pelas ruas do centro quando decidiram entrar em uma cafeteria. Sílvia pediu um cappuccino; Marco, um expresso sem açúcar; e Frédéric, um chocolate quente.

Sentaram-se em uma mesa para quatro pessoas. Marco à frente de Sílvia e Frédéric ao lado dela.

O garoto puxava assunto com a nova amiga, que se esforçava para compreendê-lo. E era tamanho o esforço que eles se viraram um para o outro. Parecia que fariam uma leitura labial, na esperança de que, assim, as palavras proferidas já sairiam traduzidas.

Marco os observava com um sorriso no canto da boca e um olhar de admiração. Procurava compreender o que sentia pelos dois nesse pouquíssimo tempo de convivência. Por Frédéric, um carinho muito grande. Era como se ele fosse o filho que nunca tivera. E estranhava ter esse sentimento por alguém que nem poderia dizer conhecer.

Contando com 38 anos, Marco tivera um passado afetivo traumático e sem filhos. Depois, o trabalho preenchera toda a sua vida. Os poucos momentos para descanso e lazer nos últimos dois anos usava para fotografar.

Geralmente, quando viajava, era para participar de algum congresso. Raramente para se divertir. E, embora tenha tido algumas mulheres interessadas por ele, nos últimos anos nenhuma lhe despertou interesse suficiente para que se dispusesse a dividir a sua vida. Mas ele sentia, agora, que Sílvia seria diferente.

Marco tinha 1,80 metros de altura e acreditava que ela tivesse 1,60 metros. Uma mulher bonita e comum. Não tinha uma beleza exuberante e não parecia que se preocupava muito com isso. Ela era espontânea e transparente. Ele podia enxergar, nas expressões do seu rosto, exatamente como ela se sentia.

A maneira como ela brincava com Frédéric parecia deixá-la ainda mais nova. Ele não perguntara a sua idade, mas, quando a viu no hotel, acreditou que ela tivesse por volta de 30 anos. Agora, parecia ter 22, no máximo. E essa capacidade de se transformar de uma mulher em uma menina o encantava.

Ele não se sentia apaixonado. De forma alguma. Ela não lhe roubava a paz. E se isso, por um lado, o deixava tranquilo, por outro, o fazia pensar que ela estaria ali para mudar todas as suas bases.

Quando Marco propôs de eles jantarem em uma ótima churrascaria local, à noite, em vez de jantarem no restaurante do hotel, Frédéric voltou a mencionar que gostaria de ir para uma balada.

Sílvia olhou rapidamente para Marco, que entortava a boca.

— Não gosta de baladas — presumiu.

— Não muito — ele confessou, um pouco mais sério agora. E depois, acrescentou: — As baladas aqui são ótimas para pessoas da idade de vocês.

— Vocês, quem? — surpreendeu-se Sílvia.

— Vocês dois.

— Não sei qual a idade do Frédéric — ela retomou a palavra — mas, com certeza, sou muito mais velha do que ele.

Frédéric interrompeu, contando ter 18 anos. E Sílvia riu, afirmando que quase poderia ser mãe dele.

— Uma mãe muito jovem, mas, ainda assim, uma mãe.

Marco não perguntaria a idade dela, embora esperasse que Sílvia falasse, porém ela não falava. Mas os jovens... ah! Os jovens não se preocupam com essas firulas sociais. Então, Frédéric foi bem direto:

— Quantos anos você tem?

— Trinta! — respondeu ela, antes de olhar para Marco.

— E então? Você quer dizer que, se somarmos a idade de todos na balada, não dá oitenta?

O argentino riu com vontade, antes de responder ser "mais ou menos" isso.

Assim, eles retornaram ao hotel, deixando combinado que jantariam na churrascaria. Depois, planejariam o restante da noite.

Quando se encontraram no saguão, para se encaminharem à churrascaria, Sílvia estava bem agasalhada. Até demais. E, novamente, Marco a olhou de cima a baixo.

— O que foi agora? Vou passar frio?

— Não! Vai passar calor! — ele respondeu, entortando o nariz e franzindo a testa.

Ainda no estacionamento da churrascaria, antes de descerem do carro, Marco virou-se para Sílvia:

— Venha cá! — chamou, desenrolando o cachecol do pescoço dela e retirando-lhe a touca.

Depois, tirou-lhe as luvas, antes de instruí-la:

— Coloque as mãos no bolso e cubra a cabeça com o capuz do casaco, até estar no restaurante — e piscou para ela.

Frédéric, que os observava, apenas ria.

Mal terminaram a refeição, Marco comunicou que deixaria o garoto em um lugar onde haveria muita diversão.

Ao pararem em frente a uma casa barulhenta e cheia de pessoas muito jovens, sem que o motor do carro fosse desligado, Frédéric lhes questionou se eles não desceriam.

— Vá, garoto! Vejo você amanhã! — determinou o argentino.

Frédéric ainda olhou para os dois antes de desembarcar, demonstrando-se um pouco inseguro. Assim que ele fechou a porta do carro, Sílvia perguntou a Marco se não seria perigoso deixá-lo sozinho ali.

— Se fosse perigoso, eu não o teria deixado. Ele é esperto. Talvez tenha alguma dificuldade com a comunicação, mas assim ele aprende mais rápido o idioma. E você? Tem algum lugar em especial que gostaria de conhecer esta noite?

— Na verdade, não faço ideia.

— Vou levá-la para um lugar tranquilo e agradável, onde poderemos nos conhecer melhor — ele sugeriu, enquanto partia em direção a um bar próximo de onde estavam.

Dessa vez, diferentemente de todas as outras, ele sentou-se ao lado dela. Não havia uma mesa entre eles. Sequer havia o espaço entre duas cadeiras, visto que se sentaram em um pequeno sofá que ficava de um dos lados da mesa, encostado na parede. Do outro lado da mesa, duas cadeiras que permaneceriam vazias.

— O que você gosta de beber? — ele perguntou assim que se acomodaram.

Quando ela respondeu que tomaria suco ou refrigerante, ele sorriu.

— Um drink, champanhe, vinho?

— Não costumo beber, mas posso acompanhá-lo, desde que não seja nada muito forte.

Ele pediu champanhe.

— E então... me fale de você. O que há na sua vida?

— Quer saber com o que eu trabalho?

— Não! Quero saber o que aconteceu na sua vida que fez com que você viesse parar aqui, sozinha, e me encontrasse, sozinho também.

— Não sei se compreendi a pergunta...

— Compreendeu, sim! — interrompeu ele.

Não havia um sorriso gentil nos lábios dele nesse momento. E o seu olhar tinha uma profundidade assustadora.

Sílvia era uma mulher independente e madura que saía com facilidade de qualquer situação constrangedora.

Ela sempre tinha uma resposta pronta para qualquer circunstância. Mas desde que encontrou Marco no hotel... o primeiro olhar, que aconteceu por puro acaso... ela travava diante dele.

— Eu...

— Você... não faz ideia! — ele sussurrou, enquanto passava as mãos pelos cabelos dela e se aproximava, lentamente, até que seus lábios se tocassem.

Ela mal conseguia pensar. Aquele beijo... o que era aquilo?! Se o mundo implodisse naquele momento, ela nem perceberia.

Ele suspendeu o beijo e, com as duas mãos mantendo a cabeça dela imóvel, a testa e o nariz dele colados aos dela, falou em um sussurro quase inaudível, antes de beijá-la novamente:

— Vamos descobrir juntos.

4. SEDE DE VOCÊ

Depois de uma taça de champanhe, Sílvia "soltou a língua" e praticamente leu a sua autobiografia para Marco. Contou que nascera na Região Sudeste do Brasil, embora já vivesse, há 20 anos, na Região Sul.

Falou da faculdade de Administração de Empresas que fizera e do trabalho como gerente de uma rede de postos de combustíveis pertencente a sua família. Ele pouco comentava. Apenas ouvia.

Então, ela referiu-se aos namorados que tivera. Sobre esse tema, ele questionou bastante, mostrando-se bem interessado. Mas ele não falou nada de si. E nem ela perguntou.

Quando a garrafa se esvaziou, ele tentou pedir outra, mas ela demostrou que não beberia mais. Já havia sido muito para si. Ele ainda tentou oferecer-lhe uma bebida qualquer, não alcoólica, mas ela recusou, demonstrando interesse em voltar para o hotel. Marco pediu a conta e ela desculpou-se, afirmando estar cansada.

— Não precisa se desculpar. Você mal chegou a Bari — contemporizou.

— De fato! E, além disso, ainda acordei com enxaqueca hoje. Mas tomei um remédio para dor e estou bem, porém ele me derruba.

— Há quanto tempo você sofre com enxaquecas?

Sílvia pensou na pergunta. Quem se interessaria por isso? Depois, respondeu-lhe que desde criança.

— Nunca tratou? Apenas usa analgésicos?

— Você tem enxaqueca?

O garçom chegou com a conta. Marco entregou o dinheiro e levantou-se, enquanto pegava na mão dela e respondia, já a caminho da rua:

— Não!

No saguão do hotel, eles entraram de mãos dadas. Depois pararam, olhando um para o outro, como se soubessem o que queriam, mas não se deveriam.

Ele colocou uma mecha do cabelo dela atrás da orelha.

— Você não deveria ter bebido. Isso pode piorar a enxaqueca.

— Bebi pouco. Ficarei bem.

— Tem certeza? Não quer que eu cuide de você esta noite? — perguntou enquanto a abraçava e beijava os seus cabelos.

— Você é enfermeiro? — ela brincou.

— Não! Mas conheço alguns e já os vi trabalhando. Devo ter aprendido algo com eles. Talvez eu seja útil.

— Você é muito bonito para um enfermeiro. Não daria certo.

— Hum! Depende do que você considera dar certo.

Sílvia sorriu.

— Vejo você amanhã, ok?

Sob a neve de Bari

— Ok — suspirou. — Vou deixá-la na porta do seu quarto, se não for importuno — ele se ofereceu, pensando que, até lá, talvez ela mudasse de ideia.

Sílvia abriu a porta da suíte, entrando e deixando-a aberta atrás de si. Depois largou a bolsa sobre uma cadeira. Marco não entrou de imediato, até porque ela não o convidou.

Mas, quando ela buscou uma garrafa de água no frigobar, ele se encaminhou à mesa de cabeceira, onde havia um bloquinho de notas e uma caneta, pegando-os.

Largando o bloco sobre a escrivaninha, começou a escrever rapidamente na primeira página, enquanto ela olhava para ele e bebia a água em simultâneo.

Ele largou a caneta sobre o bloco. Foi até ela e, beijando a sua boca, deixou-a com aquele gosto de "quero mais". Então, desejou-lhe uma boa-noite, com um sorriso cheio de malícia, e saiu, fechando a porta atrás de si.

Sílvia foi até a escrivaninha e pegou o bloco:

"Meu melhor dia em Bari
Suíte 410
Caso mude de ideia, te esperarei a noite inteira.
Marco"

Ela despiu-se e entrou no banho. Quem sabe a água desanuviasse os seus pensamentos. Sentia-se confusa como uma adolescente. "Te organiza", dizia a si mesma. "Ok. Vou listar. 1. Eu quero ir. 2. Se eu for e ele, amanhã, nem olhar para a minha cara? Ficarei péssima. 3. Posso ir e não gostar. Assim, serei eu quem não olhará para a cara dele amanhã (muitos risos). Com aquele beijo... impossível não ser o caminho do céu... ou do inferno... mas, se o destino for ruim, pelo menos a viagem de ida será inesquecível. Ah! Mas eu vou mesmo!"

Ela usou um vestido curto, pouco acima dos joelhos, ajustado no corpo, com mangas longas e decote em V, na cor verde petróleo. Nos pés, um sapato com salto agulha preto. Respirou fundo e saiu.

Em frente à suíte dele, arrumou o vestido no corpo, respirou fundo mais uma vez e deu duas batidinhas de leve na porta.

Ele não levou mais do que 15 segundos, que para ela parecera 15 minutos, antes de abrir a porta.

Estava ainda com os cabelos úmidos e despenteados. Usava uma calça jeans e uma camisa social azul noite, totalmente aberta. Os pés descalços.

Eles se olharam profundamente, por instantes, antes que ele a convidasse para entrar.

— Fico feliz que tenha vindo. Entre, Sílvia, por favor! Acabei de sair do banho.

— Notei — ela indicou com um sorriso —, e pode me chamar de Sil. Apenas Sil.

— Ok, apenas Sil — divertiu-se. — Vou passar um pente no cabelo. Fique à vontade — disse enquanto abotoava a camisa e se dirigia ao banheiro.

Ela examinou a suíte com os olhos. Um pouco maior do que a sua, mas parecia ter a mesma quantidade de móveis. E a distribuição destes também era a mesma.

Dirigindo-se à mesa de cabeceira, ao lado da cama dele, ela pegou a caneta e, buscando o bilhete escrito por ele na sua bolsa, escreveu em letras miúdas, abaixo da assinatura: "Espero que o primeiro de muitos" e assinou: Sil.

Após deixar o bilhete em cima da escrivaninha com a caneta sobre ele, ela recostou-se em uma confortável *chaise longue*, à frente da porta envidraçada.

Quando Marco se aproximou dela, estava com os cabelos penteados e a camisa, com dois botões abertos, deixando o peito à mostra. Os pés, ainda descalços.

Ela ajeitou o corpo na *chaise* quando ele sentou ao seu lado. Acariciando os cabelos dela, ao mesmo tempo em que percorria o seu rosto com os olhos, ele aproximou-se, beijando-a.

Sílvia retribuiu as carícias nos cabelos ondulados dele, que, úmidos como estavam, alcançavam a altura dos ombros.

Ele afastou os lábios dos dela, mantendo-se com os olhos fechados e a boca semiaberta, como se acabasse de experimentar um êxtase místico, do qual nunca iria querer afastar-se.

Sílvia percebia que o gosto da boca dele só poderia ser descrito como "o gosto da boca dele". Algo que a nada se comparava: nenhum sabor conhecido. Nem acre, nem doce, nem agridoce. Parecia estar a descobrir um novo sabor... inédito. Poderia, quem sabe, chamá-lo de "sabor do amor imediato".

Assim que voltaram a sentir-se humanos novamente, um "suspiro em uníssono" os fez rir.

— Não vou lhe oferecer nada para beber — Marco esclareceu. — Apesar de ter me oferecido para ser seu enfermeiro, prefiro que você não tenha enxaqueca. Mas se quiser algo sem álcool...

— Não! Obrigada! Estou bem. E, se você quiser beber algo, fique à vontade, por favor!

— A única sede que sinto... é de você! Tenho a impressão de que passei os últimos anos da minha vida caminhando em um deserto escaldante e... finalmente você chegou para aplacar a minha sede. Esse beijo...

Ele não conseguiu terminar a frase. Antes disso, bateram à porta da suíte.

Suspirando e sacudindo a cabeça, como se precisasse sair de um transe, desculpou-se e retirou-se para atender.

Ao abrir a porta, deparou-se com Frédéric, que mal conseguia parar de pé, devido ao excesso de álcool.

Ele entrou cambaleando e falando enrolado, num idioma que parecia pertencer somente a ele mesmo.

Sílvia, levantando-se, se aproximou, enquanto Marco, com as mãos às costas do garoto, o dirigia ao banheiro.

— Melhor você ficar aí — aconselhou à brasileira. — Isso não vai ser bonito.

Ela retornou, e apenas os sons a remetiam aos acontecimentos dentro daquele banheiro.

Quinze minutos de tortura depois, o argentino voltou ao quarto, sem a camisa e com o semblante de quem havia corrido uma maratona.

Pelo barulho da água do chuveiro que corria, era de se imaginar que o garoto estava sob a água. Deus sabe em qual estado.

— Acho que vou levá-la para a sua suíte — sugeriu Marco à Sílvia. — Sinto muito! Não foi assim que imaginei esta noite.

— Não! Está tudo bem! Não precisará de ajuda para cuidar dele?

— Dou conta. Não deveria tê-lo deixado sozinho, afinal. Nem suspeitei que ele fosse tão forte para a bebida quanto você — sorriu.

Sílvia retribuiu o sorriso e pediu a ele que não se preocupasse. Ela voltaria sozinha para a sua suíte. E, com um beijo rápido, se despediram antes que ela se retirasse. Voltar para a suíte sozinha era a parte fácil. Difícil seria conseguir dormir com a mente turbinada e o coração cavalgando nas nuvens. E de um argentino "muy caliente" sobrara somente o beijo, embora usar a palavra "somente", diante da imensidão de tal beijo, seria uma infâmia.

Na suíte de Marco, a noite não aconteceria, definitivamente, conforme ele planejara. Assim, ele pediu café em boa quantidade para manter-se acordado e auxiliar na recuperação do amigo.

De uma brasileira restou a sede que não pôde ser saciada e alguns tremores secundários, provenientes daquele delírio cósmico que tivera ao beijá-la.

Foi somente quando chegou o café, o qual ele colocou sobre a escrivaninha, que percebeu o bilhete com a frase de Sílvia. Um sorriso e o desejo de que aquelas palavras se concretizassem.

5. QUINTO DIA

Quando os primeiros raios de sol se espreitaram pela suíte de Sílvia, às 8 horas da manhã, ela despertou lentamente. Não gostava de usar o blecaute nas janelas, justamente para poder acordar com a claridade natural do dia.

Após um banho morno, ela se encaminhou ao restaurante do hotel pensando que talvez pudesse encontrar os amigos por lá, o que não se concretizou.

Imaginava o que teria acontecido com os dois na noite anterior. Frédéric estaria melhor? Marco deveria estar exausto por cuidar do garoto. E ela começava a admirá-lo pela forma como se dedicara a um amigo que mal conhecia. Pensava que, se fosse outro qualquer, no lugar dele, teria mandado o amigo curar o seu porre sozinho.

Ela já terminava o seu café, observando o dia, ensolarado e frio, através das janelas do restaurante, quando os amigos se aproximaram da mesa.

— Como passou a noite? — inquiriu-lhe Marco com um sorriso.

— Bom dia! A minha noite foi ótima. Nem sei se devo perguntar como foi a noite de vocês — divertiu-se.

Marco riu, antes de comentar:

— Melhor não perguntar. Podemos sentar com você?

— Claro! Nem precisa pedir. Creio que já temos intimidade o suficiente para tomarmos um café na mesma mesa. Esse será o terceiro, inclusive.

— E quem está contando, não é mesmo? — ele piscou o olho para ela.

Depois, virando-se para Frédéric, que não havia dado um único sorriso naquele dia, convidou-o a servirem-se no bufê.

Sílvia os acompanhou, enquanto divagava que, apesar de todas as demonstrações de interesse nela, que Marco deixava claro, a relação entre ele e o francês parecia forte demais. E isso a deixava sem saber o que pensar ou como agir.

Durante o café, Marco sugeriu aproveitarem o dia para esquiar, o que fez com que Frédéric esboçasse um sorriso, e Sílvia arqueasse as sobrancelhas e fizesse um biquinho com os lábios.

— O que foi? Não gosta de esquiar? — ele a questionou com um sorriso de canto e os olhos espremidos.

— Estou muito longe de casa para me quebrar toda. Planejo voltar inteira.

Ele riu muito, antes de sugerir que ela poderia fazer um "esquibunda". Assim, as chances de se quebrar diminuiriam consideravelmente.

Convencida, logo que terminaram o café, ela voltou à sua suíte para se agasalhar. Depois, encontraram-se no saguão do hotel, de onde partiram para a estação de esqui.

Assim que chegaram à estação, Frédéric parecia ter "ganhado um gás". Muito mais animado, voltou a sorrir e logo se encaminhou para a loja onde se alugavam roupas, máscaras e esquis.

Sílvia, apesar da quantidade de roupas que vestira, que não foi pouca, ainda sentia frio. E Marco, percebendo, a aconchegou nos braços, mantendo-a de costas para ele, enquanto desfrutavam da belíssima paisagem fria do lugar. Ao fundo, como de forma mágica, tocava "Until I Found You".

— Eu nunca vou deixar você ir embora — Marco sussurrou no ouvido dela.

— É você falando para mim ou está somente traduzindo a música?

— Compreende bem o inglês, pelo que vejo.

— O suficiente! — ela concordou.

Marco a virou de frente para ele.

— Estou concordando com a música — esclareceu mergulhado nos olhos dela. — Não vou deixá-la partir.

Um beijo com sabor "gelado/fervente" nasceu desse momento. E fazia com que Sílvia pensasse na quantidade de momentos que estaria colecionando em tão pouco tempo. Era como se cada momento representasse uma vida inteira, devido à intensidade sentida em cada um deles.

Ele a abraçou, recostando a cabeça dela em seu peito. O silêncio invadiu aquele abraço, que poderia se manter pela eternidade. A mesma sensação de eternidade que o lugar representava de forma tão grandiosa.

— Você me faz bem — ela sussurrou, desviando-se do silêncio, como se cuidasse para não o quebrar.

Ele a abraçou com mais força, como se estivesse com medo de que ela se fosse. Depois, partiram para a pista de onde desceriam montanha abaixo, em uma mesma prancha.

No sopé da montanha, os dois riam muito, quando Sílvia se deu conta de que não havia mais visto o amigo francês.

Mas Marco a tranquilizou, relatando que eles combinaram de se encontrar no restaurante, na hora do almoço.

Ao se prepararem para subir a montanha, novamente, através do teleférico, assistiram a uma cena que, para Sílvia, parecia surreal.

Há cerca de 500 metros do final da pista de esqui, um esquiador perdeu totalmente o controle e desceu o final do trecho "quicando", e não rolando, como ela acreditava ser um tombo do tipo. Ele batia com a cabeça ao chão e, em seguida, com as pernas, repetindo a sequência até o final, quando se esticou ao chão, imóvel.

Enquanto Sílvia permanecia inerte, sem mexer um só músculo e praticamente sem respirar, Marco corria em direção ao provável ponto de chegada do esquiador.

Ele gritava para que ninguém tocasse na vítima, que estava desacordada, enquanto se abaixava ao lado do corpo, tirando as luvas para examiná-lo.

Sílvia o observava, pensando que ele parecia saber o que estava fazendo. Então, ela se aproximou do cenário, mas não de Marco. Não queria atrapalhá-lo.

O amigo retirou o telefone celular do bolso interno da jaqueta e realizou uma ligação. Ela não conseguia compreender o que ele dizia, provavelmente por estar muito nervosa, devido ao que presenciara.

Após retirar o esqui dos pés da vítima, Marco se manteve ao lado dela, aguardando a ambulância chegar. Vez por outra, medindo-lhe o pulso.

Enquanto os socorristas acomodavam o acidentado na maca de transporte, Marco procurou por Sílvia, como se houvesse se lembrado da sua existência somente naquele momento. E, assim que a viu, tirou um cartão do bolso, lhe entregando:

— Encontre Frédéric no restaurante e fique com ele. Qualquer problema, me ligue, por favor! Preciso ir com eles agora.

Ele beijou rapidamente a testa de Sílvia e seguiu com a ambulância. Ela não conseguia assimilar tudo o que acontecia. Então, olhou o cartão em suas mãos:

"Dr. Marco Luis Sarmiento
Cirujano Ortopédico"

Apertando os olhos, releu o cartão que, no final, continha três diferentes números de telefones. Depois, guardando-o no bolso da jaqueta, pegou o teleférico em direção ao restaurante, onde procuraria por Frédéric.

Ela observava o movimento através das vidraças do restaurante, procurando compreender o porquê de Marco não lhe contar que era médico, visto que ela havia relatado toda a sua vida para ele.

Pensou que talvez não tivesse surgido uma oportunidade, mas lembrou-se de que ele havia se oferecido para cuidar dela, na noite anterior, como um enfermeiro. Qual a razão de ele não lhe ter dito ser médico, naquele momento? E enquanto procurava por uma explicação sem encontrá-la, Frédéric se aproximou por trás, assustando-a.

Ele perguntou pelo amigo, assim que percebeu que Marco não a estava acompanhando. E Sílvia pensava em como explicar tudo o que aconteceu, com toda a dificuldade que tinha para comunicar-se com o francês. Então, arriscou-se em outro idioma: o inglês. E... "bingo". Finalmente conseguiriam manter um diálogo.

Após lhe explicar o ocorrido, ela o convidou para almoçar. E, durante o almoço, perguntou-lhe se ele sabia que Marco era médico, o que, de pronto e com naturalidade, ele assentiu. Depois, ele levantou os olhos e as sobrancelhas para ela, parando com o garfo pouco antes de alcançar a boca:

— Você não sabia?

Quando ela lhe respondeu que não, ele deu de ombros, antes de continuar com a sua refeição.

Sílvia não pôde deixar de sentir-se enciumada, embora esse sentimento não fizesse muito sentido. Sabia que os dois se conheceram antes de ela conhecer Marco. Mas isso ocorrera apenas dois dias antes. E tinha a impressão de que Frédéric sabia tudo sobre a vida de Marco, enquanto ela não sabia nada.

Logo que terminaram de almoçar, Sílvia convidou o amigo para voltarem ao hotel, porém ele demonstrou que gostaria de esquiar mais. Ela ainda tentou dissuadi-lo, argumentando que esquiar logo após o almoço poderia não lhe fazer bem, mas ele esclareceu que não esquiaria de imediato. Aguardaria um tempo antes de voltar a praticar.

Ela retornou ao hotel, ainda abalada com o acidente que presenciara.

No hotel, buscou o seu livro e recostou-se na *chaise*, junto à vidraça com vista para o lago, onde procurou se distrair com a leitura. Lembrou-se de que havia viajado com a intenção de descansar, e parecia que faria de tudo, exceto descansar.

Após a leitura de alguns capítulos, ela adormeceu com o livro nas mãos e despertou quando bateram à porta. Acreditando tratar-se de Marco, levantou-se e foi atender. Deparando-se com Frédéric, não pôde disfarçar a decepção no rosto. Detalhe que não passou despercebido pelo francês.

— Posso entrar? — pediu-lhe.

— Claro! Entre! — ela indicou o interior da suíte com a mão.

Ele entrou, enquanto falava:

— Preciso me desculpar com você, por ontem à noite...

— Não tem do que se desculpar. Você deve desculpas ao Marco. Foi ele quem cuidou de você. Não eu.

— Mas sei que atrapalhei o encontro de vocês. Com ele eu me desculpei hoje cedo.

— Ah! — foi o que Sílvia conseguiu dizer, enquanto pensava: "Até disso ele sabe".

Então, ele a convidou para caminharem um pouco pelo calçadão, à beira do lago, antes de jantarem.

De imediato ela considerou recusar. Apesar de serem apenas 18 horas, já anoitecia no lugar. E estava muito frio na rua. Mas reconsiderou. Seria bom caminhar um pouco.

— Você nunca cansa? — ela perguntou-lhe, enquanto buscava um agasalho.

— Não! — respondeu o francês, com um enorme e lindo sorriso estampado no rosto.

Durante a caminhada, Sílvia comentou que estava preocupada com Marco, pelo fato de ele ainda não ter retornado.

Com um sorriso dissimulado, Frédéric a questionou:

— Preocupada com o quê? Não foi ele quem se acidentou. Ele é o médico.

— Ainda assim. Ele está demorando para voltar. Deve estar cansado. Lembre-se de que ele passou a noite cuidando de você.

— Não! Ele está acostumado. E depois, ele não passou a noite velando o meu corpo. Ele também dormiu.

— Onde será que ele está agora?

— No melhor hospital da cidade. Não se preocupe.

— Como você sabe?

— Porque ele me ligou.

— E só agora você me diz isso?

— Só agora você perguntou — ele respondeu, como se a pergunta dela fosse óbvia.

Então, Sílvia juntou um punhado de neve e jogou em Frédéric, que rapidamente fez o mesmo com ela, começando uma guerra de neve. E, por momentos, ela afastou o seu pensamento de Marco.

Antes de entrarem no hotel para jantar, eles batiam em suas roupas e um na roupa do outro, buscando se livrar da neve acumulada.

Enquanto jantavam, um de frente para o outro, Frédéric percebeu que Sílvia o encarava e, questionando-a a respeito, ela perguntou-lhe o que ele sentia por Marco.

— Ele é um cara legal — respondeu, dando de ombros.

— O quanto legal? Quer dizer, um amigo legal que você gosta... um homem legal que você ama?...

Ele engasgou-se com a comida, tossindo muito e deixando Sílvia com remorso e preocupada.

— Desculpa, Frédéric. Eu não deveria ter dito isso...

— Tudo bem! — amenizou ele. — Você está com ciúmes...

— Não! — ela negou veementemente, tentando convencer a si mesma.

— Por que você acha que eu poderia ter algo com Marco? Você acredita que eu seja gay? Ou seria porque sou francês, e o mundo acredita que todo francês gosta de extravagâncias em seus relacionamentos?

— Já me desculpei com você, Frédéric. Se bem que não haveria problema algum, caso você fosse gay. Mas eu não quis dizer...

Ele a interrompeu:

— O *ménage à trois*, apesar de ser um termo francês, não foi criado pelos franceses. Mas há quem diga que muitos de nós gostamos da prática. Você não imagina que eu tenha interesse em vocês dois?

— Chega desse papo. Eu não imagino nada. Já me desculpei. Hoje não foi um bom dia, e eu vou descansar — desabafou, levantando-se enquanto o francês a encarava.

Sílvia entrou abalada em sua suíte. Percebia ter passado dos limites e não compreendia o que acontecia com ela. Talvez merecesse ter ouvido o que ouviu, mesmo. Sentia-se ansiosa e começava a "enfiar os pés pelas mãos". Pelo visto, não conseguiria ter uma única noite em paz ali.

6. SEXTO DIA

Na manhã seguinte, Sílvia encontrou Frédéric assim que entrou no restaurante do hotel, para o café da manhã. E, dessa vez, foi ela quem pediu para sentar-se à mesa com ele.

— Eu... sinto muito por ontem. Posso lhe garantir que não sou uma pessoa preconceituosa. Não tenho nada contra os franceses e tampouco contra os homossexuais. Não sei o que aconteceu comigo...

— Não sabe?

— Talvez eu estivesse mesmo com ciúmes.

— Talvez? Estivesse?

— Ok! Garoto chato! Estou com ciúmes. Satisfeito?

— Tanto faz — falou ele, dando de ombros.

— Quando digo que não sei o que aconteceu comigo, quero dizer que nunca senti ciúmes antes — ela explicou um pouco nervosa.

— E você já se apaixonou antes?

— Sim! E eu não me sinto apaixonada pelo Marco.

— Uau! É mais do que paixão, então. Que pena! — ressentiu-se, suspirando.

Quando ela pensou em lhe perguntar o porquê do seu último comentário, percebeu que Marco entrava pela porta do restaurante. Ele parecia exausto.

Juntando-se aos dois para o café, ele contou, sem detalhes, o que acontecera com a vítima do acidente, enfatizando que estava faminto e muito cansado. Determinou que, após o café, tomaria um banho e dormiria, provavelmente, até o meio da tarde e que, portanto, eles não contassem com a sua companhia para o almoço.

Os três saíram juntos do restaurante. Assim que Marco subiu para a sua suíte, Frédéric convidou Sílvia para visitar uma cidade próxima de Bari, mas ela recusou, salientando que preferia ir ao centro novamente. Queria fazer algumas compras. O amigo concordou, oferecendo-se para acompanhá-la.

Durante o percurso, Frédéric pediu ao motorista que parasse, por três vezes. Ele descia do carro, fotografava uma paisagem e voltava para prosseguirem.

Sílvia ia listando todas as características que Marco tinha em comum com o garoto. E a fotografia era a mais marcante.

Mesmo ela insistindo que não gostava de ser fotografada, em cada loja que eles entravam e Sílvia comprava algo, o amigo a fotografava com o produto comprado. Fosse uma roupa, um objeto para casa ou um doce.

— Eu não sou fotogênica, Frédéric.

— Não! Você apenas não conheceu nenhum bom fotógrafo.

Ela torcia o nariz e deixava que ele continuasse. Não queria brigar com ele novamente.

Em alguns momentos, ela o achava muito maduro para a sua pouca idade, mas, em outros, parecia uma criança. Porém, a beleza dele era inegável. De estatura alta e atlética, tinha o rosto esculpido como o de uma obra de Michelangelo. O nariz afilado, a boca carnuda e desenhada e um sensual furinho no queixo. Cabelos ondulados castanhos bem claros ou, talvez, loiro médio, contrastando com os olhos escuros com um brilho inigualável, sob as sobrancelhas largas e retas.

Por onde passavam, todas as meninas derrubavam olhares sobre ele. E Sílvia estranhava que ele não parecia olhar para nenhuma delas. Talvez fosse discreto, apenas.

Quando ela o questionou acerca do que ele fazia: se estudava, trabalhava ou só viajava, ele contou-lhe que estudava e viajava muito, sempre que possível. Começara a viajar quando ainda era criança, na companhia de seus pais, e nunca mais parara. Falava como se tivesse vivido muito, mas era ainda tão jovem...

Eles entraram em uma loja que, entre outras coisas, vendia bijuterias. Sílvia procurava por um brinco que fosse pequeno e discreto, para usar com a touca a qual não conseguia mais ficar sem, devido ao frio intenso.

Durante a procura, ela deparou-se com uma corrente em que havia pendurado um pingente com três figuras, representando um casal com uma criança, todos de mãos dadas.

Ela tomou a corrente nas mãos e ficou observando o pingente. Sem encontrar o brinco que procurava, comprou a corrente com o pingente.

Assim que pararam naquela que viria a se tornar a cafeteria predileta dos amigos, ela retirou a corrente da bolsa e a entregou a Frédéric.

Ele olhava para o pingente sem parecer compreender muito bem o significado daquela ação por parte da amiga. E como ela percebeu, esclareceu:

— Somos nós três: eu, você e Marco.

— Ah! Sou a criança, com certeza! E você quer que eu pendure no meu pescoço? Me parece meio feminino...

— Ué! E aquele papo de que os franceses são excêntricos e blá-blá-blá...

Frédéric entortou a boca e colocou a corrente no pescoço, que, devido ao diâmetro, ficou parecendo com uma gargantilha.

— Pelo menos é inverno. A roupa esconde — resignou-se, tomando um gole do seu chocolate quente, enquanto Sílvia sorria com discrição.

Quando entraram no saguão do hotel, já no final da tarde, ele perguntou à amiga se ela não iria passar na suíte do amigo argentino.

— Não! Ele estava muito cansado e eu não quero acordá-lo...

— Ah! Não! Ele não está mais dormindo. Aliás, eu perguntei justamente para lhe avisar que ele foi ao hospital, ver como o paciente dele está passando...

— O quê? Você sabia disso e não me contou? — ela indignou-se.

— Estou contando agora — alegou.

— E por que ele avisa você e não a mim? — protestou.

— E por acaso você passou o seu número para ele? Eu passei o meu — provocou.

Após lançar um olhar fuzilante para o francês, ela apenas resmungou algo indecifrável, enquanto se retirava para a sua suíte.

Frédéric apenas a observava, com um sorriso no rosto. Adorava provocá-la, como os adolescentes fazem entre si, quando se apaixonam uns pelos outros. Mas ela não poderia ser chamada de adolescente, embora se sentisse como uma quando estava ao lado dele.

Foi somente na hora do jantar que os três se encontraram no restaurante do hotel. Dessa vez, Marco sentou-se ao lado de Sílvia, e Frédéric, à frente dele.

Com os ânimos arrefecidos e Marco bem descansado, o jantar transcorreu sem contratempos, até que Frédéric os questionasse acerca do que fariam para se divertir naquela noite.

Sílvia levantou somente os olhos para encará-lo. E, quebrando o silêncio, Marco determinou:

— Você, eu não sei, garoto! Mas eu planejo descobrir o que existe por trás das palavras não ditas de uma brasileira — falou, olhando para Sílvia, que apenas o olhou com o canto dos olhos.

— Ah! — continuou o argentino, olhando para Frédéric agora. — E seja lá o que for fazer, não beba! Não haverá médico de plantão nesta noite. E amanhã, viajaremos. Os três. Reservei um chalé, para dois dias, em Villa La Angostura.

Frédéric apenas assentiu com a cabeça. Estava feliz por ter a companhia dos dois para os dias seguintes.

Quando se retiravam do restaurante, Marco virou-se para Sílvia e perguntou, quase em um sussurro:

— Na sua suíte ou na minha?

— Podemos tentar continuar de onde havíamos parado...

— Tentar, não! Conseguir, com certeza! — ele sorriu, segurando a mão dela e subindo para a sua suíte.

Assim que entraram, Marco colocou uma música para tocar, em um volume bem baixo. Abriu uma garrafa de espumante e serviu duas taças.

— Vamos beber pouco. Não quero que você tenha enxaqueca, e muito menos ter que trabalhar nesta noite — sugeriu, entregando-lhe uma das taças.

Eles brindaram antes de sorver um gole.

— Por que você não me contou que era médico?

— Você não me perguntou!

— Aff! Tá parecendo o francês — resmungou, revirando os olhos e fazendo com que ele risse.

— Ele a perturbou muito?

Sílvia suspirou.

— Ele é estranho.

— É um bom garoto. E gosta muito de você. Mais do que eu gostaria que ele gostasse — demonstrou, se desculpando pela frase repetitiva.

— Pois eu acho que ele gosta é de você. Mais do que eu gostaria que ele gostasse — ela imitou a frase dele.

— Você entendeu o que eu quis dizer, né? — estranhou.

— Perfeitamente — sustentou ela. — E reafirmo o que disse.

— Não! — Marco enfatizou. — Eu o tenho como a um filho...

— Nós não estamos falando de como você o tem, mas sim de como ele nos tem.

Marco parou-se a olhar para Sílvia. E, negando com a cabeça, voltou o olhar para o chão, antes de tornar a olhá-la.

— Eu não lhe disse que "eu acho" que ele gosta de você, Sil. Eu disse que ele gosta! Mas não vamos mais falar disso — finalizou, levando-a até a *chaise longue*, onde ela se recostou, tendo ele sentado ao seu lado.

— Foi aqui que paramos — ela lembrou-lhe.

— Sim! — ele concordou antes de beijá-la, invadindo a sua alma e tomando-lhe todos os sentidos.

Eles se embriagavam um do outro, perdendo a noção do tempo e do espaço que os circundava. Perdiam-se de si mesmos para encontrarem-se no outro, imersos em todos os sabores, cores, texturas e olores que os sentidos humanos conseguem perceber, até, por fim, transcender todos os sentidos e libertarem-se da humanidade, por instantes que almejavam nunca tivessem fim.

Durante toda aquela noite, não tiveram dúvidas nem curiosidades. Não existia passado em suas vidas, tampouco qualquer preocupação com o futuro. Somente o presente era vivido, a cada segundo, da forma mais intensa que se pode vivê-lo.

E, ao repousarem, exaustos, um no outro, sentiram que o tempo se quedara os encarando, diante da proximidade do divino.

7. SÉTIMO DIA

Frédéric estava parado à frente da suíte de Marco, exatamente às 8h30 da manhã, inseguro de bater à porta. Marco o recebeu à soleira, com um semblante sério, e, quando o garoto demonstrou que daria o primeiro passo para entrar, o argentino colocou um braço no batente, o impedindo.

Após dar um passo para trás, procurando olhar para dentro da suíte, através do amigo, sondou:

— Não deu certo? Ela não ficou? Não foi por minha causa, né?

Marco, gargalhando, tirou a mão do batente, permitindo a entrada do francês.

— Você se acha, né, garoto? — ironizou, ainda rindo e dando um tapa na cabeça do rapaz, enquanto este entrava.

— Bom... se deu certo, onde ela está?

Marco não respondia nada, continuando a vestir-se. Mas Frédéric insistia:

— Como foi? Dormiram cedo? Ou não dormiram? E onde ela está? Vamos lá! Já somos amigos. Podemos trocar experiências sobre as mulheres...

— Ok, garoto! Quando você tiver uma, trocaremos experiências. Agora, se me der licença, preciso terminar de me arrumar, arrumar a mala e descer para o café. A propósito, a Sil está fazendo o mesmo, na suíte dela. Então... — ele continuou falando enquanto conduzia Frédéric até a saída. — Nos encontramos no restaurante.

Quando Marco e Sílvia entraram, juntos, pela porta do restaurante, era difícil dizer se o maior sorriso estava em seus lábios ou em seus olhos. E Frédéric percebia.

Enquanto tomavam o café da manhã, o francês não tirava os olhos do argentino, que parecia enfeitiçado. Mas Sílvia percebia o tanto que o amigo francês olhava para Marco e as suas desconfianças só faziam crescer.

Quando eles saíram do hotel, em direção a Villa, Sílvia demonstrou preocupação devido às condições climáticas. O dia estava muito fechado e nevava muito. Mas Marco a tranquilizou, assegurando-lhe que começara a nevar há pouco, portanto conseguiriam chegar ao seu destino em segurança.

Contrapondo-se a ele, Frédéric comentou que, talvez, não conseguissem voltar, o que fez com que Marco o encarasse pelo espelho retrovisor. O garoto calou-se.

Eles levaram quase duas horas para chegar a Villa, que se situa a 80 quilômetros de Bari, devido ao mau tempo e ao fato de Marco parar no caminho para comprar suprimentos.

A propriedade era pequena e acolhedora, quase à beira da estrada e há uns 5 quilômetros do centro de Villa.

Hospedaram-se em um chalé com dois pisos, encantador, contando com dois quartos (sendo uma suíte), sala ampla e integrada com a cozinha, banheiro e uma varanda enorme. Da sala, totalmente envidraçada, a vista era estupenda, mesmo com a neve que não cessava de cair.

Assim que entraram e deixaram suas malas nos quartos, Marco voltou ao carro para buscar os mantimentos que comprara, com o intuito de preparar o almoço e o jantar deles. O café da manhã, ele já havia encomendado aos donos da propriedade no momento da reserva.

Após deixar os mantimentos na cozinha, começou a preparar o fogo, na lareira da sala, com o auxílio de Frédéric. Nesse ínterim, Sílvia organizava as compras na cozinha.

— Você não quer que eu faça o almoço para nós? Já é quase meio-dia — ela sugeriu a Marco.

— Não, amor! Eu mesmo faço. Se você fizer questão de cozinhar, pode fazer o jantar.

Fez-se um silêncio na sala. Frédéric, abaixado à frente da lareira, intercalava o olhar entre os amigos, enquanto Sílvia olhava para Marco, com a boca semiaberta: "Ele me chamou de amor?!"

Marco largou a última tora de lenha na lareira e virou-se para ela.

— Está tudo bem? Se fizer questão de fazer o almoço...

— Não! Tudo bem — ela recuperou-se. — Faço o jantar — concordou, enquanto voltava a guardar os mantimentos.

Quando ele se dirigiu à cozinha, para preparar o almoço, Sílvia se ofereceu para ajudá-lo, mas ele recusou, defendendo que cozinha era lugar para somente uma pessoa.

Assim, ela foi para a sala e postou-se defronte a uma das vidraças, observando a neve cair. Sempre apreciara essa imagem, e parecia que, a partir daquela viagem, a neve teria um novo significado para si. Não haveria como vê-la sem se lembrar daquele homem que mexia com todos os seus sentidos e a fazia cair por ele, lentamente, como os flocos de neve.

A temperatura estava despencando e a calefação não dava conta de aquecer a sala. Como o fogo recém havia sido feito, também não ajudava muito.

Sílvia aproximou-se da lareira, sentando-se ao chão, quase dentro dela, fazendo com que Frédéric risse.

Marco, que assistia à cena da cozinha, sugeriu a ele que, em vez de rir, a aquecesse.

No mesmo instante, o francês sentou-se no chão, ao lado de Sílvia, abraçando-a.

— Eu estava me referindo à lareira, garoto. Agora, largue a minha namorada e coloque mais lenha no fogo.

Sílvia desatou a rir, talvez de nervosa por ouvi-lo chamar de namorada, e Frédéric levantou-se, divertidamente, resmungando algo sobre o amigo ser ciumento.

Enquanto saboreavam a paella preparada por Marco, na sala de jantar, Sílvia comentou, em tom de brincadeira, como ele poderia estar ainda solteiro, cozinhando daquela maneira. Então, percebeu estar a rir sozinha, enquanto os dois se entreolhavam.

Ela fixou os olhos no argentino, que, no momento, olhava para ela com o semblante sério.

Sílvia foi retirando o sorriso do rosto e franzindo o cenho, enquanto sua mente voava. E, lentamente, largou o garfo no prato, fechando os olhos e puxando o ar até encher os pulmões.

Ninguém dizia uma só palavra nem mexia um único músculo.

Sem olhar para o rosto de nenhum dos dois, ela levantou-se da mesa e subiu em direção à suíte. Entrou, fechou a porta, sentou-se em uma poltrona, com os cotovelos nos joelhos e as duas mãos na cabeça.

Os pensamentos disparando, como a largada de uma corrida, com os corcéis mais velozes: "Ele é casado! E você é muito burra! Como ele não seria... como não? Quantos do tipo tem por aí, dando mole? Otária! Você contou toda a sua vida para ele e ele não falou nada! Nem uma palavra! Por que será, né? E o Frédéric sabendo de tudo. Aí os dois te trazem para este chalé, bem longe do hotel... ah! Eu não acredito! Eu não acredito que caí nessa! Amor... minha namorada... bancando o ciumento. Tão achando que vai rolar um ménage... Eles que esperem sentados".

Embora a vontade de chorar fosse avassaladora, ela se manteria forte o quanto pudesse. E levantando-se decidida, calçou as botas, colocou a touca, as luvas e, pegando a bolsa e a mala, abriu a porta da suíte e saiu.

No primeiro degrau da escada, no andar superior, deparou-se com Marco, que vinha subindo ao encontro dela. A brasileira estancou, olhando no rosto dele que a fitava também com o semblante pesaroso.

— Saia da minha frente — ela exigiu com firmeza na voz e na postura.

— Não há como sair daqui, agora. Nem de carro, e muito menos a pé — ele elucidou consternado.

— Prefiro enfrentar a neve a ter que olhar para a tua cara. Agora, saia da minha frente! — repetiu, fulminando-o com o olhar.

— Se acalme e me deixe explicar. Você está entendendo tudo errado — contemporizou com a voz calma.

— Ah! É mesmo? — ironizou ela. — É verdade que entendi tudo errado, mas isso foi até poucos minutos atrás. E você não precisa me explicar nada, porque, como vocês costumam repetir, EU NÃO PERGUNTEI! E, se eu não perguntei, por que você contaria, não é mesmo?

Ao ouvir os gritos de Sílvia, Frédéric surgiu na base da escada, iniciando a subida. Sem se virar para ele, Marco o mandou retornar.

— Me deixe falar! — Marco pediu-lhe ainda com tranquilidade.

— Falar o quê? Você acha que tem algo para me dizer que eu já não tenha ouvido? Posso lhe discorrer todo o repertório: 1) Eu sou casado, mas não amo mais a minha esposa e vou me separar dela para ficar com você. 2) A minha mulher não gosta de sexo e o amor terminou entre nós, então vamos nos separar. 3) Esta é a minha preferida: a minha mulher é muito doente e eu sinto dó dela. Então, eu não posso me separar, porque preciso cuidar dela. Mas sou muito infeliz...

— A minha esposa morreu, Sílvia! — ele a interrompeu com a voz sumindo e os olhos caídos.

Mas, naquele momento, ela estava muito furiosa com ele e com ela mesma para poder assimilar se havia verdade ou não naquelas palavras.

— Parece que você continua a me surpreender. Essa eu ainda não tinha ouvido. Saia da minha frente!

Marco se retirou para o lado da escada, deixando o caminho livre para ela, que passou rapidamente por ele, descendo para o primeiro piso. Junto à porta da frente do chalé, buscou o seu agasalho, pendurado no cabide, e vestiu. Pegando a mala, saiu porta afora. Parada na área coberta, ela olhava para a quantidade de neve ao chão e o tanto a mais que caía sem parar. Nem um só carro passava pela estrada, tomada pela neve. Então, enrolou a manta no rosto e desceu da varanda.

Assim que pisou na neve, bem próxima da casa, afundou até quase os joelhos. Por isso, decidiu que deixaria a mala e levaria somente a bolsa consigo. E partiu em direção à estrada.

No chalé, Frédéric encontrou Marco, sentado ao chão, com as costas contra a parede e uma tristeza no rosto que o penalizou.

— Ela saiu! — declarou, esperando que o amigo fizesse algo. Mas logo percebeu que ele não teria como fazer nada. Parecia estar em choque.

Então, o francês vestiu-se com tudo o que tinha, para sair atrás de Sílvia. Sabia que ela não suportaria o frio intenso que fazia no exterior por muito mais tempo.

Enquanto ele descia da varanda, percebeu que ela vinha voltando da estrada em direção ao chalé, muito lentamente. Parecia que não conseguia caminhar.

Frédéric foi ao encontro dela o mais rápido que pôde, pois a neve acumulada era muita. Ao encontrá-la, ela se deixou cair, sendo amparada por ele, que tentou ajudá-la a se locomover. Como percebeu que ela não mexia as pernas, a pegou no colo, levando-a para dentro do chalé.

Enquanto gritava por Marco, Frédéric a deitou no chão, defronte à lareira, e jogou lenha ao fogo, usando o atiçador de brasas para aumentar a intensidade das chamas.

Quando Marco chegou à escada e viu Sílvia ao chão, correu ao seu encontro.

Frédéric agia com rapidez e tinha um semblante assustado, pois a amiga não falava. Apenas tremia muito.

Marco procurava acalmá-lo:

— Ela vai ficar bem — disse enquanto tirava as botas e roupas dela. — Me traga cobertores.

Quando o garoto voltou à sala, Marco havia tirado as suas roupas também e, abraçando-se a ela, cobrira ambos com os cobertores.

— Pegue a minha manta e enrole nos pés dela. Estão uma pedra de gelo! — pediu a Frédéric.

— Os pés dela estão brancos. Não vão gangrenar?

— Não! Precisaria muito mais tempo para isso. Ela ficará bem.

— Mas ela está tremendo muito.

— É um bom sinal. Fique tranquilo. Prepare alguma bebida quente. Quando ela estiver em condições de ingerir algo, isso ajudará.

Marco ficou abraçado a Sílvia, enquanto Frédéric aquecia água e leite.

Ele recostou a cabeça dela em seu peito, enquanto acariciava os seus cabelos. E deixou seus pensamentos vagarem pelo passado e pelo presente.

Lembrou-se de quando perdeu a esposa. Nunca superara totalmente o fato de não a ter podido salvar. Ele a amava e vê-la partir em seus braços o destruíra.

Quando acreditou que teria uma chance de amar novamente e ser feliz, percebeu que o seu passado caminhava de mãos dadas com o seu presente. E que ele não saberia como lidar com isso.

Sílvia adormeceu nos braços dele, assim que parou de tremer. Mas ele não queria deixá-la. Então, imaginou que ela estava naquela situação por causa dele. Acreditou que, se tivesse contado a ela que era viúvo, antes de tudo acontecer, isso poderia ter sido evitado. Percebeu que não tinha a sua namorada em seus braços. Aquela era somente uma paciente.

Ele se levantou e vestiu-se, deixando-a coberta. Colocou mais lenha no fogo e pediu a Frédéric que cuidasse dela. Quando ela acordasse, ele deveria dar-lhe algo quente para beber. O garoto assentiu com a cabeça, sentando-se no sofá.

Marco subiu para a suíte. Precisava ficar a sós. Pensava que, se houvesse uma chance de partirem dali, ele a agarraria com as duas mãos. Mas sabia que não tinha como.

8. O PASSADO

Quando Sílvia despertou, percebeu que Frédéric estava sentado no sofá.
Ele se dirigiu à cozinha, onde aqueceria um chocolate quente.
Ela recostou-se na beirada do sofá, puxando as cobertas para cobrir o corpo.
A calefação e o fogo da lareira já haviam aquecido totalmente o chalé e principalmente a sala.
Quando Frédéric entregou-lhe uma caneca com chocolate quente, ela agradeceu e perguntou-lhe por Marco.
— Ele cuidou de você e, quando você parou de tremer e adormeceu, subiu.
— Você sabia que ele havia sido casado?
O garoto assentiu com a cabeça, antes de justificar:
— Mas ele não gosta de falar nisso...
— Há quanto tempo ela morreu?
— Dois anos. E ele nunca mais teve ninguém... até você.

Sílvia começava a se sentir culpada, pensando que deveria ter lhe dado o benefício da dúvida. Mas, quando ficava brava, não conseguia pensar com clareza. E agora...

— As minhas roupas estão lá em cima e eu não vou sair nua daqui. Você se importa de buscar uma toalha para mim?

— Na verdade, você saiu daqui carregando a sua mala. Quando eu a encontrei, você não estava com ela. Deve tê-la largado no meio da neve, portanto, mesmo que eu saísse para procurá-la, o que eu não farei, se a encontrasse, tudo dentro dela estaria encharcado.

— Ok. E onde estão as roupas que eu estava vestindo?

— Molhadas.

— Pode trazê-las para mim? É só o que eu tenho.

— Espere aqui — disse ele, antes de levantar-se e subir as escadas.

Quando desceu de volta, entregou uma camisa sua para ela.

— Vista isto. Ficará um vestido em você. É só até a sua roupa secar.

— Certo. Obrigada! E... você pode virar para o outro lado enquanto eu me visto?

— Claro! — confirmou, com um sorriso maroto, à medida que virava o corpo de costas para ela.

Sílvia terminou o chocolate quente, largando a caneca sobre a mesa auxiliar ao lado do sofá e se direcionando à escada.

— Vou conversar com ele.

— Vá lá.

Ela bateu à porta da suíte, bem de leve. Em seguida, abriu lentamente.

Marco estava deitado na cama, do lado mais próximo da janela. Assim que ela entrou, ele virou-se para ela.

Eles se olhavam, ambos com o semblante pesaroso, quando ela estancou, logo após vencer a soleira da porta.

O argentino suavizou o peso de sua dor, demonstrado nas expressões do seu rosto, quando deu dois tapinhas no colchão, ao seu lado, convidando-a a se aproximar dele.

— Sinto muito! — ela iniciou. — Eu estava muito brava com o que eu achava que estivesse acontecendo. Agora sei que toda aquela história só existia na minha cabeça. Mas, naquele momento, eu não conseguia perceber...

Ele a interrompeu.

— O que foi que fizeram com você?! Na parte da sua vida que você não quis me contar... não que eu tenha contado muita coisa — reconheceu.

— Você não tinha a obrigação de me contar nada. Eu é que falei demais.

— Você só me contou o que teria contado a qualquer um. Que tal aproveitarmos para contar aquilo que não contamos a ninguém?

— E o que você quer saber?

— Não! Desta vez eu começo. Vou falar o que não falo a ninguém — ele determinou, arrumando os travesseiros e recostando-se mais.

Sílvia levantou-se e arrastou uma poltrona para ficar de frente para ele.

— Ok! Vamos lá! Há dois anos que perdi a minha esposa. E eu a amava muito. Foram cinco anos de um casamento feliz, com o único amor da minha vida.

— O que aconteceu com ela? Quer dizer, qual foi a causa da morte?

Marco deixou o olhar se perder enquanto suspirou. Então, começou a relatar que eles descobriram a doença de Ane, sua esposa, quando estavam casados há quatro anos. Ela tinha um enorme tumor no cérebro que não havia emitido nenhum sinal de sua existência, até que fosse tarde demais. Ela viveu por somente mais um ano depois da descoberta.

— Fiz tudo o que podia — resignou-se aos prantos. — Talvez, se eu tivesse um pouco mais de tempo... Ela morreu nos meus braços, jovem, linda e sem saber quem eu era.

Marco fez menção de levantar-se, colocando as pernas para fora da cama. E Sílvia, levantando-se, o abraçou, recostando a cabeça dele em seu peito, enquanto acariciava os seus cabelos. Ele, abraçado a ela, chorou ainda mais.

Depois, levantou-se e se dirigiu ao banheiro, onde passou uma água no rosto e retornou refeito.

Sílvia estava de pé, olhando pela janela da suíte, quando ele a abraçou por trás e beijou os seus cabelos.

— Viu como eu fico? Como você conta isso... dessa forma... para a sua namorada?

Ela virou-se para ele, passando as mãos pelo seu rosto.

— Exatamente da forma que você contou. Da forma humana: que sente, que sofre, que chora, que ama. Ela, com certeza, morreu sabendo o quanto era amada... e continua sendo...

Ele a interrompeu:

— Por isso eu não queria ter lhe contado. Você ficará pensando...

— Marco! Eu estou bem! Não estou surtada agora, nem imaginando nada. Você a ama. Ponto. Sempre amará, porque o amor é eterno. E está tudo bem. Isso não significa que você não possa amar novamente. Acredite, podemos amar mais de uma pessoa. Aliás, não apenas podemos, como amamos.

Ela começou a perceber um esboço de sorriso se formando nos lábios dele, quando se deu conta.

— Ah! Meu Deus! Eu não quis dizer que você me ama. O que quero dizer é que você pode vir a amar qualquer outra pessoa...

Agora o sorriso estava completo, e Sílvia, totalmente sem jeito. Então, ele tomou o rosto dela em suas mãos e o posicionou de forma que pudesse olhar dentro dos seus olhos. Depois, falou pausadamente:

— Amo você! A cada minuto, eu a amo mais e mais. Você me fez sentir isso novamente. E quando eu lhe abracei lá embaixo, apenas para aquecê-la, foi ao meu amor que abracei. Mas me doeu muito saber que você estava me odiando e que eu não poderia agir senão como um médico naquele momento.

— Sinto muito por tudo que eu lhe disse... — ela se desculpou.

Ele colocou o indicador nos lábios dela para que silenciasse.

— Podemos esquecer isso.

— Em algum momento teremos que falar...

— Em outro momento, por favor! Agora, apenas me deixe ficar com você — ele pediu, abraçando-a com força.

Quando a afastou, olhou-a de cima a baixo.

— Como a camisa do Frédéric veio parar em você?

— Ele me emprestou. Minhas roupas estão molhadas, minha mala perdida e eu não poderia sair nua pela casa.

— E o seu namorado a deixou nua e sozinha na sala,

com um francês tomando conta. Péssima ideia. Mas vamos consertar isso — acrescentou, abrindo os botões da camisa. Antes de tirar a camisa dela, ele foi até a sua mala e pegou uma camisa dele.

— Agora vamos trocar — falou, enquanto tirava a camisa do francês da namorada e a vestia com a dele.

— Essa ficou maior — ela evidenciou.

— Sou maior! — ele piscou para ela, fazendo-a rir.

— Bobo! Me dê a camisa dele aqui para eu dobrar e devolver.

Quando eles desceram, Frédéric estava com o jantar pronto e a mesa posta. Enquanto jantavam, o garoto se manifestou, presumindo que aquela nevasca duraria, pelo menos, mais dois dias.

Marco concordou com ele, acrescentando que não teriam como sair dali enquanto o clima não ajudasse.

Sílvia começou a preocupar-se. Primeiramente, porque não tinha roupas para trocar. Depois, porque não tinha muitos dias a mais de férias, embora pudesse aumentá -las. Mas não gostava de se ausentar por muito tempo.

Mal haviam terminado o jantar, Sílvia levantou-se com o seu prato nas mãos e recolhendo os outros pratos para lavá-los.

Frédéric fez menção de levantar-se, dizendo que ele lavaria a louça. Mas ela pediu-lhe que se sentasse novamente. Já havia feito muito para um dia. Inclusive, salvando a vida dela. Então, ela aproximou-se pelas costas dele, abaixou-se e beijou-lhe o rosto. Marco olhou para ela com cara de poucos amigos, mas nada falou.

Com a louça lavada, ela deixou os amigos na sala e subiu, avisando-lhes que tomaria um banho e depois dormiria.

— Você acabou de jantar. Não vá se deitar agora. Fique um pouco conosco — Marco advertiu.

— Comi pouco. Está tudo bem — ponderou enquanto subia as escadas.

Depois do banho, ela colocou a camisa que usava em um cabide no armário do quarto e deitou-se nua, cobrindo-se com o sobrelençol e uma colcha que havia na cama. A temperatura na casa estava bem agradável.

Marco não demorou a chegar e entrar no banho. Quando se deitou ao lado de Sílvia, ela abraçou-se a ele.

— Posso me desculpar agora? Ela pediu.

— Você já fez isso, amor! Esqueça.

— Eu errei, Marco!

— Ok! Eu também! Todos erramos em algum momento. Erraremos mais. Você assumiu a responsabilidade pelo seu erro. Agora, assuma a responsabilidade pelos seus acertos também.

— Que acertos?

Marco sorriu deitado ao lado dela. Seus rostos quase se tocavam.

— Você acertou ao vir para Bari, ao permitir que eu me aproximasse de você, ao aceitar o meu convite de pernoitar na minha suíte... a propósito, adorei a resposta que deixou no meu bilhete. E... bem... o seu maior acerto: você não desistiu de mim. Não desistiu de nós.

— Quase desisti.

— Mas não desistiu. Saiu e voltou. Mas...

Ele interrompeu a frase e ela o aguardava.

— Bem... combinamos de falar tudo o que sentimos ou pensamos, então vou falar, e procure não se zangar comigo.

Ela assentiu e ele continuou.

— Eu não gostei do que você fez lá embaixo. Veja bem, eu não a estou recriminando, não quero lhe dizer o que deve ou não fazer, mas somente o que senti.

— O que foi que fiz e o que você sentiu? Não estou entendendo!

— Você beijou o Frédéric. E eu senti ciúmes.

— Ele é um garoto, Marco. E, do jeito que você fala, parece que beijei a boca dele.

— Sílvia! Eu sei o que ele sente por você. Sei o que ele sentiu com aquele beijo...

— Tá, tá, tá! — ela interrompeu. — Não começa. Eu não acredito nisso. Mas não se preocupe. Eu sou capaz de sobreviver se não beijar mais o francês — ironizou.

— Você está brincando...

— Marco! Sei que você gosta dele como se fosse um filho. E eu não o vejo de outra forma.

— Desculpe-me! Não tem a ver com o beijo... deixei você sair e ele foi atrás e a salvou. No fundo, é disso que sinto ciúmes. Ele fez o que eu deveria ter feito. E você o lembrou de que foi ele quem a salvou.

— O Frédéric era o único que estava pensando aqui. Nem eu nem você conseguíamos pensar naquele momento.

Ele arqueou as sobrancelhas.

— Venha cá, "mi argentino muy caliente" — ela falou, puxando-o para si.

Ele deitou-se sobre ela, olhando em seus olhos.

— Você não imagina o que faz comigo quando me olha, me fala ou me toca.

— Hum! Me mostra o que faço com você.

9. OITAVO DIA

Mal amanhecia e o casal acordava com uma música muito alta no piso inferior. Era uma música sertaneja, brasileira, bem animada.

Os dois se olharam. Marco revirou os olhos. Sílvia levantava-se, comentando que nem gostava de música sertaneja, enquanto dançava, indo em direção à porta.

— Ei! — Marco chamou. — Vai descer nua?

Ela riu, voltando até o armário e buscando a camisa dele. Depois saiu do quarto dançando, enquanto abotoava a camisa.

Na sala, Frédéric imitava uma pessoa cavalgando. Só faltava o cavalo. E Sílvia se colocou ao lado dele fazendo o mesmo. Eles riam muito, mudando a coreografia a todo instante. Um criava um passo novo e o outro copiava.

Marco parou-se ao pé da escada observando com um sorriso largo. Às vezes, sacudia a cabeça, cobrindo o rosto com as mãos. Quando Sílvia começou a subir a camisa, mostrando uns centímetros a mais das coxas, ele se aproximou, puxando a camisa para baixo e fazendo Frédéric rir ainda mais.

No final da música, ela abraçou o namorado e o chamou de ciumento.

— Já estou preparando o café — Frédéric comunicou.

— O café já deve estar chegando. Deixei encomendado — Marco esclareceu. — E já que você nos acordou, fique atento à porta e coloque-o para dentro, assim que chegar. Vamos tomar um banho — completou, enquanto pegava a namorada pela mão e subia as escadas.

Na suíte, Marco comentou que o clima estava melhorando, embora ainda dependessem da retirada da neve acumulada nas estradas.

— Contando os minutos para ir embora? — questionou Sílvia surpresa e decepcionada.

— Não! — negou ainda mais surpreso. — Apenas não gosto de estar preso, impossibilitado de me locomover. Quero estar ao seu lado sempre, mas, ainda assim, prefiro as estradas desinterditadas. Em uma emergência, uma estrada interditada é tudo do que não precisamos.

— Ah! É o Doutor Marco falando, então.

Ele sorriu, confirmando.

— Amanhã será o meu último dia aqui — Sílvia contou-lhe com pesar.

Marco fez que não ouviu, pegando a mão dela e a levando para baixo do chuveiro.

Quando terminaram o banho, Marco cobriu-se com a toalha na cintura e avisou Sílvia de que desceria para buscar as roupas dela, que já deveriam estar secas.

— Ah! Gostei tanto de usar a sua camisa — queixou-se.

— Prefiro que use algo que lhe cubra as pernas de verdade — ele piscou para ela antes de sair.

A mesa do café estava farta e diversificada. E os amigos estavam felizes em compartilhar aquela refeição, e em compartilharem-se.

Frédéric, sempre afoito, planejava o último dia em Villa. Alguns planos, completamente malucos, fazendo com que Sílvia e Marco dessem boas gargalhadas.

Por fim, Marco conseguiu convencê-lo de que, apesar de o clima ter melhorado, não era seguro saírem do chalé. Então eles jogariam bilhar, cartas ou o que mais pudessem inventar do lado de dentro. Sem brincadeiras na neve. Até porque Sílvia só tinha as roupas que vestia, ele lembrou.

— Tenho a sua camisa também — ela acrescentou.

— Não! Não tem! Eu já confisquei a minha camisa — ele contestou, a olhando de canto e fazendo com que ela sorrisse discretamente.

Enquanto jogavam bilhar, Frédéric perguntou a Sílvia até quando ela ficaria em Bari. E, quando ela abriu a boca para responder, Marco, com a cara fechada, pediu que eles se concentrassem no jogo.

Frédéric o encarou confuso, enquanto Sílvia percebia que ele definitivamente não queria falar sobre a partida dela. Mas sabia que, em algum momento, teriam que falar sobre isso. Sendo que, ela mesma, não conseguia imaginar-se longe dele.

Demorou algum tempo antes que o clima entre eles amenizasse. Pelo menos até o final do jogo, quando Frédéric sugeriu que fossem para rua.

— Só aqui junto à casa. Na varanda — dizia ele, para convencer Marco.

E foi tamanha a insistência que o argentino concordou. Enquanto Sílvia saía pulando de felicidade atrás de Frédéric, que já estava na rua, Marco segurou a mão dela e falou em seu ouvido:

— Só para constar, se a sua roupa molhar, você não vai usar a minha camisa. Ficará nua e trancada no quarto.

— Isso é um convite? — ela riu, arregalando os olhos.

Ele sacudiu a cabeça e saiu atrás dos dois.

A brasileira e o francês faziam bolas de neve, jogando um no outro, enquanto Marco os observava da varanda. Pareciam duas crianças que avistavam a neve pela primeira vez.

Mas foi quando os dois simultaneamente jogaram neve nele que ele entrou na brincadeira. Agora eram três crianças.

Se a felicidade pudesse encarnar, ela juntaria aqueles três corpos e tomá-los-ia para si.

Quando cansaram, começaram a montar um enorme boneco de neve. E foi enquanto juntavam neve para a construção do boneco que Marco encontrou a mala de Sílvia, junto à varanda.

Ela pulou no pescoço dele, o abraçando, cheia de alegria.

— Você salvou a minha mala. Meu herói! — exclamou, antes de beijá-lo.

— Comovente! Brasileira maluca! — ele sorriu.

Marco olhava para ela, que entrava com a mala, para estender as roupas. Ele tinha o semblante triste. E Frédéric se aproximou.

— Como vai ser?

— Como vai ser o quê?

— Quando ela for embora.

Ele suspirou.

— Quando ela for, eu também vou. A vida é assim... continua.

— Mas você não quer que ela vá.

— Claro que eu não quero. Mas não tenho como pedir a ela que fique. Ela tem uma vida no Brasil, da qual eu não faço parte.

Frédéric franziu o cenho.

— Eu não entendo. Quer dizer que, quando terminam as férias, quem se conheceu durante as férias deixa de existir?

— Não, garoto! — ele negou, mostrando-se incomodado. — Dá para mudar de assunto? Vou preparar o nosso almoço — concluiu, se retirando para o interior do chalé.

Frédéric continuou a construção do boneco, pensativo. Será que quando os amigos fossem embora, eles nunca mais se veriam? Não conseguia imaginar isso. E começou a entristecer-se.

Enquanto Marco preparava o almoço, Sílvia entrou na cozinha, o abraçando pelas costas:

— Amor! Minha roupa está molhada. Aquela proposta ainda está de pé?

Ele largou a faca, com a qual cortava os legumes, sobre o balcão. Virou-se, pegando a namorada no colo, e se encaminhou para as escadas. Voltou, desligou o fogo em que aquecia água e tornou às escadas.

Na suíte, eles tiravam as roupas um do outro. Então, ele a abraçou.

— Repita para mim.

— Repetir o quê?

— Do que você me chamou lá embaixo.

— Amor?

— Sim! É verdade? — ele perguntou olhando em seus olhos.

— Você não sente? Tem alguma dúvida? Repito quantas vezes você quiser: amor, amor, amor, meu amor... Ele a interrompeu com um beijo... Não! Com O beijo. O beijo com sabor de eternidade, do qual ela nunca mais se libertaria.

Se fosse possível, nesse momento, eles teriam se despido da carne que revestia suas almas, pois, por mais que tentassem, nenhuma proximidade era suficiente para o tanto que precisavam estar mais e mais unidos.

Mais tarde, enquanto Sílvia descansava a cabeça sobre o peito dele, ouvindo as batidas aceleradas de um coração apaixonado, murmurou, com medo da reação que ele teria:

— Podemos falar da minha partida?

Ele suspirou.

— Adiantaria eu dizer que não?

— Vai acontecer. Então, acho que precisamos falar disso.

— Ok! Não adiantaria! Tudo bem. Falaremos. Eu não vou suportar ver você partindo — afirmou, enquanto se recostava na cama, com ela ao seu lado — Não vou suportar te perder.

— Você não vai me perder. Nunca!

— Você não sabe...

— Marco! Meu amor! Do que você tem tanto medo? Que eu morra?

— Também! Tudo pode acontecer. Depois de amanhã, você estará longe de mim. E eu posso nunca mais ver você. Mas, se houvesse uma única chance de eu impedir que você partisse, eu a agarraria. Agora me diga: essa chance existe?

Sílvia pensou um pouco, antes de responder:

— Eu não posso ficar. Não agora. Assim como sei que você não poderia ir comigo. Porque temos pessoas que dependem de nós. Você aqui e eu no Brasil. Mas isso não significa que não nos veremos mais. Continuaremos nos falando. Tenho o número do seu telefone e vou lhe passar o meu. Podemos falar todos os dias.

— E se você conhecer alguém lá e...

— Ei! — ela o interrompeu. — Ninguém me interessou nos últimos anos. Por que você acha que aconteceria agora? Justamente agora que você preenche cada pensamento meu? Nem que eu quisesse, aconteceria isso. Não tem espaço. Você compreende?

Ele a abraçou.

— Me desculpe. Estou com medo.

— Eu também tenho medo. Mas não há nada que possamos fazer por enquanto.

— Você tem medo de quê?

— Como assim, de quê? Com certeza tem uma dúzia de enfermeiras naquele hospital querendo fisgar o médico mais gostoso do pedaço.

Marco deu uma gargalhada com a mão na testa e sacudindo a cabeça para os lados.

— E olha que eu nem citei as pacientes. Se bem que as pacientes chegam quebradas. Nem devem despertar o teu interesse — continuou ela.

— Nem todas chegam quebradas — corrigiu ele.

— Ah! Mas assim você não está me ajudando.

— Certo! Vou lhe dizer o mesmo que você me disse: não aconteceu nos últimos dois anos. Não será agora. Você fez morada em mim, brasileira. E ninguém vai tirá-la daqui — falou com a mão no peito. — Nunca!

— Então, não temos o que temer. Vamos nos afastar, porque é preciso. Por enquanto. Sempre que possível, ficaremos juntos.

Marco concordava com ela, embora, para ele, fosse mais difícil. Lidar com essa separação, mesmo que provisória, trazia lembranças dolorosas. E era quase impossível não temer.

Quando desceram famintos, Frédéric já estava com o almoço pronto. Explicou aos dois que acreditava que eles não desceriam mais naquele dia e então, como estava com muita fome, decidiu cozinhar.

— Boa, garoto! — Marco elogiou, antes de sentar-se à mesa com Sílvia.

E, como já estava quase na hora do jantar, eles comeram tudo o que havia sobre a mesa, antes de saírem para terminar o boneco de neve, já quase concluído por Frédéric.

Depois, começaram a arrumar os seus pertences, pois partiriam logo após o café da manhã, no dia seguinte.

10. NONO DIA

O casal despertou antes mesmo de o dia nascer. Era o último dia de Sílvia na Argentina. Na manhã do dia seguinte, seguiria do aeroporto de Bari para Buenos Aires e de lá para o Brasil. E eles queriam aproveitar ao máximo esse dia.

— Você não me contou o que aconteceu no seu passado, para que tivesse aquela reação, quando imaginou que eu estivesse casado.

— Me envolvi com alguns cafajestes! — confessou-lhe.

— Alguns... quantos?

— Faz diferença?

— Não! Mas... pensei que falaríamos das coisas que não falamos para ninguém.

— Alguns poucos, mas o suficiente para me fazer perder a fé nos homens.

— Sei! Você me falou de alguns dos seus namorados...

— São os mesmos...

— Mas não contou que eles eram cafajestes.

— Exatamente!

— Que tipo de cafajestes?

— Do tipo cafajeste! Ou você quer dizer que existe um subtipo para essa espécie?

— Sim! Eles eram interesseiros, infiéis, mentirosos...

— Hum... de todos os tipos. Acho que, por isso, você me pareceu tão surreal. Você é tão inacreditavelmente perfeito que não pode ser real.

— Eu não sou perfeito.

— Eu sei. Mas os seus defeitos, se comparados com... os deles, nem defeitos são. Qualquer defeito seu seria a maior qualidade de qualquer um deles. Você entende?

— Foi tão ruim assim?

— Foi.

— Venha cá — disse ele, puxando-a para si e recostando a cabeça dela em seu peito, enquanto a abraçava. — Não precisamos mais falar disso. Não quero que se chateie no nosso último dia.

Sílvia concordou em encerrar esse assunto. Não queria estragar o que estava vivendo. E o seu passado já quase estragara tudo.

— Tem mais uma coisa da qual eu gostaria de saber, e que você não me contou. A sua família.

— Pai, mãe e uma irmã.

— Moram todos juntos?

— Não! Meus pais moram juntos. Minha irmã é casada e mora com o marido e os dois filhos. Eu moro sozinha. E você? Seus pais... irmãos?

— Minha mãe já faleceu. Tenho uma irmã, casada e com um filho. Ela mora em Mar del Plata, e meu pai mora com ela. Há dois anos, meu pai começou a apresentar sinais de

Alzheimer e se mudou da capital para morar com a Lia. Acabei por mudar também, para ajudá-la. Mas moro sozinho.

— E como você a ajuda?

— Faço o que posso. Passo a maior parte do tempo trabalhando. Dificilmente vou para casa. Mas, pelo menos um dia do final de semana, eu o busco na casa dela e passo o dia com ele. Se o tempo estiver propício, aproveitamos os parques e todo tipo de diversão ao ar livre.

— Essa doença é bem difícil, né?

— Sim! — ele suspirou. — Às vezes, ele me olha como se não me conhecesse. E é difícil. Quando a Ane morreu, embora a doença fosse outra, ela não me reconhecia. Parece que passarei por isso novamente. Mas o pior, e eu preciso que você saiba disso, é que essa doença do meu pai é hereditária. Pode acontecer comigo. E eu não desejo, para ninguém, ter que passar por isso que passei e estou passando novamente... muito menos você. É como se eles desistissem deles mesmos.

Sílvia sentou-se na cama, para olhar o rosto do namorado, que, no momento, estava tomado de dor.

— Meu amor! Ficarei com você, até o fim!

Ele baixou os olhos e ela tocou o queixo dele, buscando os seus olhos, antes de continuar:

— Se você desistir de você mesmo, eu nos manterei. E, quando você não mais existir, eu serei por nós. Sempre!

Ele a abraçou.

— Não desejo me tornar um peso para ninguém. Prefiro que me prometa que, se isso acontecer, você seguirá com a sua vida e será feliz.

— Você é um presente que recebi e nem sei se merecia. Então, não me peça para jogar o meu presente fora. E se for para ficar com outro no final... bem... se você não me reconhecer, pode ser o outro. Eu te conquisto novamente.

Ele riu a abraçando.

— Você não existe!

— Então... se eu não comer alguma coisa, e logo, acho que não vou existir mais mesmo — divertiu-se.

Eles desceram para se juntar a Frédéric e tomar, juntos, o café da manhã. Logo depois, partiram de volta para o hotel, em Bari.

Durante o caminho de volta, Marco comentou que, devido ao mau tempo, ela acabara por nem conhecer Villa. Mas Sílvia demonstrou que conheceria nas próximas férias.

Frédéric, que estava mudo no banco de trás, pulou eufórico:

— Você vai voltar?

O casal riu muito, antes de ela confirmar.

Após largarem as malas no hotel, eles repetiram o passeio que já haviam feito à estação de esqui, torcendo para que, desta vez, Marco não fosse requisitado a trabalhar.

Esquiaram muito, exceto Sílvia, que continuava com o seu propósito de voltar inteira para o Brasil. Almoçaram por volta das 14 horas, no restaurante onde ela havia almoçado com Frédéric, na vez anterior, e depois desceram para o centro de Bari.

Quando passavam em frente à loja onde Sílvia comprara a corrente para Frédéric, ele perguntou a ela se não compraria uma para Marco também.

Sem saber do que ele estava falando, o argentino pediu a eles que esclarecessem. E foi o francês quem contou, puxando a corrente para fora das roupas e mostrando a ele.

Marco segurou o pingente com as pontas dos dedos e olhou para Sílvia, fazendo com que ela entortasse a boca e levantasse os olhos.

Então, ele a abraçou e seguiram caminhando, enquanto falava ao ouvido dela:

— Mas você se presta, né? — eles riram.

Já próximo ao final da tarde, pararam na cafeteria preferida deles. Frédéric fez questão de fazer o pedido: um cappuccino para Sílvia, um expresso sem açúcar para Marco e um chocolate quente para ele.

Enquanto saboreavam as suas bebidas, planejavam as próximas férias. E depois, para o dia seguinte, quando Marco deixaria Sílvia no aeroporto de Bari e dali retornaria para a sua casa.

Frédéric afirmou que iria junto, mas Marco alertou que não o traria de volta para o hotel. Porém, isso não o intimidou. Ele demonstrou que retornaria sozinho. E foi quando a amiga lhe perguntou sobre o retorno dele para a França.

— Tenho o hotel reservado por mais quinze dias. Depois, eu retorno para casa. Mas... será chato sem vocês aqui. E vocês nem vão para o mesmo lugar, porque, se fossem, eu poderia ir junto.

Marco arregalou os olhos e ergueu as sobrancelhas. Sílvia ria, enquanto eles se levantavam para retornar ao hotel. Logo que saíram da cafeteria, ela virou-se para os dois e falou, ainda rindo e abrindo os dois braços para eles:

— Venham os dois aqui!

Os três se abraçaram, e ela gracejou:

— Isso é o que chamo de um "abraço à trois".

Marco se jogou para trás de tanto rir. Depois a abraçou.

— Como vou viver sem você para alegrar os meus dias?

— Você é o meu doutor fortão. Conseguirá. E antes do que pensa, estarei voltando — ela o consolou, esperando que fosse verdade o que dizia.

Após o jantar no hotel, Frédéric foi para a sua suíte, e Marco acompanhou Sílvia à suíte dela, para arrumar as suas malas. Depois, encaminharam-se à suíte dele, para fazer o mesmo.

Eles passaram a última noite juntos. E, praticamente, não dormiram. Mantinham-se em silêncio, olhando-se, como se tivessem medo de que pudessem se esquecer de como eram os seus rostos.

— Sil! Você se sente como eu?

— Como você se sente?

— Sinto que eu não vou conseguir. Não posso ficar longe de você.

— Eu sinto! Sinto mesmo! Mas preciso que você me ajude. Já é muito difícil, sem que você me fale isso. Quando você fala... é impossível. E eu não posso ficar com você. Não ainda.

— Desculpe-me! Está me batendo um desespero.

Sílvia levantou-se e pegou, em sua bolsa, um cartão de visita com seu nome, endereço comercial e telefones de contato. Ela entregou a ele.

Ele olhava para o cartão.

— Não será o mesmo. Não vou vê-la nem tocar em você.

— Vamos conseguir.

Marco levantou-se, buscando um frasco com comprimidos em sua mala e, servindo um copo de água, engoliu uma drágea. Depois, virou-se em direção à cama e olhou para ela.

— O que você tomou? — ela o questionou.

— Ansiolítico. Tomo há dois anos.

— Todos os dias?

— Sim! Eu tentei não tomar hoje, porque não queria dormir. Queria ficar com você, mas...

— Tudo bem! Eu também preciso dormir. Venha para cá comigo. Quero dormir ao teu lado.

Ele deitou-se e eles se abraçaram, dormindo o pouco que ainda restava da noite.

11. DESPEDIDA

Amanhecera nublado em Bari. Mais nublados do que o dia estavam os três amigos. Esse seria o dia pelo qual não ansiaram. Eles se separariam, voltando para os seus mundos. Tão distantes uns dos outros.

Frédéric foi o primeiro a acordar. Assim que se aprontou, bateu à porta da suíte de Marco, acordando os amigos, que pouco haviam dormido.

Marco e Sílvia tinham um semblante cansado e, além disso, triste. Eles se olhavam como se fosse essa a última vez que se veriam durante as suas vidas. Cada olhar estava contido de uma despedida velada.

Após um banho quase gelado com o intuito de despertar, desceram para o café abraçados. Parecia precisarem tocar-se a cada instante. Cada momento demonstrava-lhes o quanto eles eram finitos diante da infinitude dos seus sentimentos.

Por mais que tivessem experienciado a vida, nada os havia preparado para aquele momento e para o que ainda estaria por vir. Era como se, em algum lugar, bem escondido dentro deles, conhecessem as tramas dos seus destinos.

Logo após o café, envolto em gritos silenciosos, eles partiram para o aeroporto já atrasados.

Entre a chegada, o despacho das malas e a entrada de Sílvia na área de embarque, passaram-se menos de 60 minutos.

Na despedida, ela ainda tentou repetir a brincadeira do "abraço à trois", mas nem ela mesma conseguiu sequer esboçar um sorriso.

Pensava no pouco tempo em que estiveram juntos e na intensidade com a qual viveram esse amor todo.

Por fim, segundos antes do embarque, Marco a abraçou e, antes de beijá-la, falou olhando em seus olhos:

— Não se esqueça do quanto eu a amo e volte para mim.

Quando passava pela entrada do embarque, ela voltou-se para ele e gritou:

— Até o fim! Sempre!

Então, virou-se novamente e seguiu sem mais olhar para trás, com o rosto banhado por lágrimas que pareciam ácidas, tamanha a dor que causavam.

Frédéric postou-se ao lado de Marco enquanto a viam desaparecer. O argentino o abraçou. Eles, de fato, pareciam pai e filho.

Ela já havia sumido da visão deles e eles permaneciam olhando, como se esperando que, a qualquer momento, a veriam retornando e, quem sabe, não mais partindo. Mas não aconteceu assim.

Então, se dirigiram ao estacionamento em busca do carro de Marco, para que ele pudesse retornar à sua casa.

Ao chegarem ao carro, envolveram-se em um abraço doloroso. Difícil definir qual dos dois sofria mais naquele momento.

— Como você vai voltar ao hotel, garoto? — Marco o inquiriu assim que se desfez do abraço.

— Vou pegar um táxi.

O argentino deu um tapinha nas costas dele, entortando a boca.

— Entre aí! Vou levar você! — falou enquanto abria a porta do carro.

Frédéric finalmente voltara a sorrir. Aquele sorriso farto que somente gente feliz possui.

Durante o caminho de volta, um se amparava no outro. Eles eram o que havia restado de umas férias em Bari e, em breve, nada mais existiria além de recordações.

— Garoto! Você conhece Mar del Plata?

— Não!

— Quer conhecer?

O francês arregalou os olhos, virando-se para o amigo, como se fosse agarrar-se nele eufórico.

— É um convite?

Marco sorriu, assentindo com a cabeça. Frédéric começou a listar, em voz alta, o que precisava fazer assim que chegasse ao hotel: passar na recepção para avisar que estaria saindo; fazer as malas; retornar à recepção... fazendo com que o argentino risse sozinho.

Após se desligarem do hotel, foram para o centro de Bari almoçar. Somente depois pegaram a estrada, rumo a Mar del Plata.

Sílvia ainda estava nos pensamentos dos dois, mas eles evitavam falar. Sabiam que precisariam continuar com as suas vidas, e saber que tinham um ao outro, mesmo que por um pouco mais de tempo, amenizava a falta que ela lhes causava.

Quando chegou ao Brasil, Sílvia sentia-se exausta. E tudo o que vivera nos últimos dias ficara para trás. Não havia a neve, nem Marco, nem Frédéric.

Mas trouxera com ela algo que não havia levado para Bari. Em sua bagagem havia amor e saudade, com todos os seus complementos, inclusive a angústia de uma separação indesejada. E o seu sorriso... parecia que o tinha esquecido por lá.

Em seu apartamento, ela desfez as malas e tomou um banho. Depois, ligou para a irmã e foi ao encontro dela, almoçando o que havia sobrado da refeição do meio-dia. Estava faminta. E Susana a questionava acerca das férias. Queria saber de tudo.

Mas Sílvia, mesmo que não compreendendo o porquê, não conseguia contar nada. Era como se tivesse medo de que, ao falar os nomes de Marco ou de Frédéric, eles saíssem dela e se perdessem.

Assim, se limitou a dizer que apenas descansara muito. Leu, dormiu e apreciou a neve que caíra abundantemente. Mas comprara uma lembrancinha para cada um deles: Susana, Roberto (o cunhado) e os dois sobrinhos.

Ao deixar a casa da irmã, Sílvia passou no mercado para reabastecer a sua casa com mantimentos. E já passava das 16 horas quando terminou de guardar tudo.

Então, decidiu dormir um pouco. Ao deitar-se em sua cama, a saudade de Marco a invadiu. Ela estranhava: como poderia sentir tanto a sua falta em tão pouco tempo? Como poderia amar tanto alguém?

Era como se a sua casa não fosse o seu lugar, tampouco Bari. Mas quando pensava em Marco... ele era o seu lugar... ele era a sua casa. E ela estava distante de casa agora, desejando poder descansar nos braços dele.

Quando o cansaço a derrubou, adormeceu profundamente e só acordou com o som do seu telefone. Abrindo os olhos com dificuldade, buscou o aparelho junto à mesa de cabeceira.

— Alô!

— Oi, amor! Como você está?

Seus olhos despertaram, assim como todos os seus sentidos.

— Marco! Amor! Eu... estou com saudade. Muita saudade.

— Eu também! Sinto a sua falta, Sil! Fico imaginando o que você está fazendo...

— Estava dormindo. Imaginando que você poderia estar ao meu lado e eu repousaria nos teus braços. Mas... você não está — ela suspirou. — Você já chegou em casa?

— Não! Parei no meio do caminho. Para chegar em casa, teria que ter saído pela manhã. Agora dormirei por aqui, e amanhã eu prossigo.

— Mas... você saiu pela manhã... ah! Eu sabia! Você não deixaria o Frédéric voltar sozinho ao hotel — ela divertiu-se.

Marco ria enquanto contava a ela que o garoto estava com ele.

— Fico feliz que estejam juntos. Minha família poliglota.

— Repita isso, por favor! — ele pediu.

— O quê? Que estou feliz ou que vocês são a minha família poliglota?

— Amo você! E o garoto está aqui pedindo que eu lhe diga que ele também a ama. Mas eu não direi.

Ela gargalhou.

— Ok, não me diga. E não conte a ele que eu o amo também!

Foi a vez de Marco rir antes de voltar a falar:

— Acreditei que ouvir a sua voz não seria o suficiente... e, embora eu quisesse muito mais, me sinto reconfortado de ouvi-la. A sua risada me preenche.

— Penso da mesma forma. Podemos nos falar sempre.

— Todos os dias?

— Se você quiser...

— Você não quer?

— Sempre!

— Pode repetir todos os dias?

— Eu vou. A partir de amanhã, eu volto a trabalhar. Não poderei falar com você em qualquer horário, mas sempre arrumarei um momento.

— Eu deveria voltar a trabalhar amanhã também, mas não vou conseguir. Então, devo retornar na terça-feira. E meus horários são estranhos e até imprevisíveis muitas vezes.

— Bem... podemos deixar combinado que você me liga quando puder. Eu sempre posso te atender antes de sair de casa, pela manhã; no horário do almoço, ou ainda à noite.

— Prefiro à noite quando, em princípio, teremos mais tempo, embora, às vezes, eu não vá conseguir.

Eles deixaram acertado assim. Procurariam se falar, sempre que possível, à noite.

Após esse telefonema, ambos relaxaram. Parecia começarem a compreender que permaneceriam na vida um do outro, e assim conseguiram dormir em paz durante aquela noite.

Na manhã seguinte, enquanto Marco prosseguia sua viagem de volta para casa, Sílvia se apresentou para o trabalho. A quantidade de trabalho que ela encontrou a esperando fez com que mal conseguisse lembrar de sua aventura apaixonante.

Ela se perguntava como conseguiram fazer tantas atrocidades em míseros dez dias. Produtos que faltavam em alguns postos, queda nas vendas, falta de funcionários. Imaginava que, caso ela se afastasse por trinta dias, não haveria mais empresa para gerenciar.

No final do dia, quando chegou em casa, percebeu sentimentos conflitantes em si. Ela se lembrava de Bari e tentava conciliar com a sua vida no Brasil. Se, em algum momento, acreditou que haveria uma chance de se tornar mais presente na vida de Marco, isso começava a ruir. Teve vontade de chorar.

À noite, quando ele ligou para contar-lhe que havia chegado, percebeu que ela estava estranha. Ele a sentia distante. As palavras que ela proferia agora eram somente palavras. Ao final da conversa, ela se desculpou com ele, alegando que o seu dia havia sido muito estressante.

Ao desligar o telefone, Marco não pôde deixar de sentir que Sílvia estava se distanciando dele e que, em breve, ela não faria mais parte de sua vida. Procurava compreender, mas o medo não lhe permitia.

12. ARGENTINA

Depois da primeira noite em casa e de perceber o afastamento de Sílvia, Marco buscava forças para desligar-se dela. Sabia que a separação seria inevitável, pois o seu passado não ajudava a enxergar a vida de outra forma, e muito menos a sua ansiedade.

Em alguns momentos, acreditava que ter Frédéric ao seu lado era uma bênção, mas, em outros, só fazia se lembrar de Sílvia e aumentar o seu sofrimento.

Ele continuava ligando para ela quase todas as noites, embora pouco usassem esses telefonemas para falarem deles ou fazer algum plano. Os assuntos se resumiam a trabalho, família, política... e isso o frustrava ainda mais.

Os quinze dias que Frédéric iria passar com Marco já estavam terminando, e ele sabia que teria que se despedir do garoto. Compreendia que o rapaz tinha o próprio caminho a seguir.

Marco almoçava no restaurante do hospital onde trabalhava, que ficava no último andar e tinha vista para o mar, quando pensou precisar dar um jeito em sua vida.

Enquanto observava o mar, perguntava-se: como o mar conseguia ser sereno e intenso ao mesmo tempo...? E o invejou. Ele queria isso para si. Então, procurou auxílio na terapia. Acreditava que precisaria curar-se. Por ninguém, além de si mesmo.

Um dia antes de o francês partir, eles saíram para jantar fora. Marco aproveitou para pedir-lhe que considerasse a possibilidade de morar ali com ele, ou em outra casa, caso ele preferisse viver só.

Frédéric mostrou-se muito feliz com o convite e asseverou que já havia pensado na possibilidade. Inclusive, já tinha passado na universidade para ver se conseguiria uma transferência de curso da França para a Argentina.

— E por que você não me contou isso? — Marco o questionou.

— Porque eu não sabia se você gostaria que eu ficasse. Mas, de qualquer forma, eu descobri que não tem o meu curso aqui. Só o encontrei em Buenos Aires ou em São Paulo, no Brasil.

Ouvir falar no Brasil desestruturava Marco, e Frédéric percebia.

— Você pode cursar em Buenos Aires. Tenho um apartamento lá. São menos de quatro horas de viagem daqui.

— Você faria isso por mim? — surpreendeu-se o garoto.

— Claro! Quem irá me perturbar se você se for? — gracejou o argentino.

— Certo! Eu aceito. Mas amanhã preciso ir. E demorarei provavelmente um semestre para retornar. Preciso providenciar a transferência e a documentação junto à imigração. Enfim...

— Seus pais não vão se importar?

— Não! Meus irmãos os incomodam por mim — divertiu-se. — E depois, eles viajam bastante. Com certeza virão me visitar, e você irá conhecê-los.

No dia seguinte, Marco o levou para a capital, de onde ele partiria para a França. Enquanto estavam no aeroporto, observou um voo que partia para Porto Alegre, cidade onde Sílvia morava. Pensou estar a poucas horas dela e, ainda assim, parecia estar a anos-luz de distância.

Quando Frédéric se foi, o vazio no peito de Marco cresceu e ele procurou se distrair na capital. Só retornaria para Mar del Plata no dia seguinte, bem cedo, pois havia combinado com Lia que buscaria o pai para passearem.

Chegando à casa da irmã, ela o recebeu adiantando que o pai não acordara disposto, portanto não seria um bom dia para passearem.

Marco foi ao quarto do pai para examiná-lo, percebendo não haver nenhum problema físico, além da doença já existente, que estava se acelerando de maneira assustadora.

Ele tentou convencer a irmã a sair com a família dela, dizendo que ficaria ali, cuidando do pai, para que ela pudesse descansar. Mas Lia preferia que eles almoçassem todos juntos, e assim ele a acompanhou à cozinha.

— Quando você irá trazer a brasileira para podermos conhecê-la?

Marco arregalou os olhos. Ele nunca falara de Sílvia. E logo pensou: Frédéric.

— Nós não temos nada sério. Não é como se fôssemos nos casar. Foi somente um encontro de férias.

— Sei! Como é o nome dela mesmo?

— Sílvia!

— É uma pena que não seja sério. Eu o tenho achado muito triste.

— Problemas com o trabalho e o nosso pai. Acho que já é o suficiente.

— Sim! E, com certeza, a Sílvia também deva ter problemas com o trabalho dela e com a família. Somente adolescentes ricos, como o Frédéric, não têm problemas e conseguem estampar aquela cara linda de felicidade por 24 horas. Não é mesmo?

Marco olhava para a irmã tentando compreender aonde ela queria chegar.

— A propósito, o francesinho me contou que você e a sua... como você a chamou mesmo? Ah! Sim! O seu encontro de férias. Então! Ele contou que você e o seu encontro de férias foram muito felizes durante esse encontro. Pareciam até que estavam apaixonados...

— Ok, Lia! O que você quer que eu lhe diga? — ele exaltou-se.

— Que você está morrendo de medo de perdê-la. E não percebe que é justamente isso que fará com que você a perca.

— Ela mudou desde que voltou para o Brasil. Tenho a impressão de que estou falando com uma estranha quando ligo para ela.

— Marco! Ela é uma estranha. Assim como você é um estranho para ela. Vocês passaram poucos dias juntos, de férias, sem problemas para pensar. Agora é que vocês irão se conhecer, e eu sei que a distância não ajuda nesse processo. Mas... é a primeira vez que vejo você interessado em alguém em dois anos. Se dê uma chance de ser feliz novamente.

Ele não podia ignorar as palavras da irmã. Sabia que o medo o travava e que a sua ansiedade o fazia distorcer os fatos.

Sílvia, por diversas vezes, se queixara da quantidade de trabalho, o que a deixava estressada e exausta. Mas ele sempre se pegava imaginando que fossem somente desculpas para se afastar dele. Poderia não ser, mas e se fosse?

Então, ele se lembrou do dia no qual ela surtou no chalé, quando imaginou que ele fosse casado, e deduziu que ela também carregava um passado difícil que a impedia de viver a sua vida plenamente. Recordou-se de quando ela lhe contou que perdera a fé nos homens. E pensou que ele poderia estar contribuindo com isso toda vez que não ligava para ela ou que a deixava falando sozinha ao telefone sem demonstrar o que sentia, porque, de fato, estava travado de medo.

Antes de partir da casa da irmã, ele contou-lhe que estava fazendo terapia e que conversaria sobre isso com o terapeuta.

Em casa, por duas vezes, ele pegou o telefone com a intenção de ligar para Sílvia e desistiu.

Procurava compreender como havia conseguido estar tão à vontade com ela, em Bari, e agora... talvez, a irmã estivesse mesmo com a razão. As férias... a falta de problemas... Por um tempo, ele se afastou dos problemas e dos traumas. Conseguiu passar, quase todas as férias, sem tomar os ansiolíticos. Só voltou a tomá-los depois do incidente no chalé, quando precisou relembrar a morte da esposa.

Mas não se sentia seguro para falar com a namorada, se é que ainda poderia chamá-la assim. Há três dias que não ligava para ela.

Porém, uma coisa era certa: ele sentia a falta dela. Falta dos risos, dos comentários divertidos, dos beijos... da menina e da mulher que faziam dele um homem e um adolescente.

No dia seguinte, após sair do hospital, ele procurou o seu terapeuta, contando toda a conversa que havia tido com a irmã.

— Vocês nunca tiveram uma conversa mais séria, então? — o terapeuta o questionou.

— Sim! Em Villa e em Bari.

— E como foi?

— Foi ótimo! Falamos do nosso passado e de tudo o que nos incomodava.

— E o que mudou?

— Eu... não sei. Tenho a impressão de que ela está se afastando de mim, de que ela não quer falar comigo. Nós não falamos mais de nós, do que sentimos um pelo outro. Provavelmente ela não sinta mais nada.

— Você usou as palavras "impressão" e "provavelmente". Então, não existe uma certeza.

— Não!

— Você não perguntou a ela?

Nesse momento, Marco lembrou-se das tantas vezes que Sílvia se queixara porque ele e Frédéric não lhe contavam os acontecimentos e depois diziam que ela não perguntara. Ele ria, enquanto o terapeuta o olhava, sorrindo.

— Preciso perguntar a ela — concluiu decidido.

Mas ele não conseguiria ligar naquela noite, pois, quando estava se dirigindo para casa, foi chamado para uma emergência no hospital, onde passara a noite trabalhando. E na manhã seguinte, embora tenha considerado ligar, sabia que teria pouco tempo para conversarem. Assim, decidiu que esperaria a noite.

Os problemas foram se acumulando, e Marco esperava o melhor momento para ligar, aquele no qual ele estaria bem descansado e teria tempo sobrando para conversar com ela.

Ele não percebia que um fosso se abria nesse espaço de tempo e que o transpor se tornaria uma empreitada difícil de vencer.

Então, aconteceu mais uma tragédia, que o fez perder o chão. Na manhã do dia 20 do mês de agosto, Lia lhe telefonou comunicando que o pai havia falecido durante a noite.

Ele acumulava perdas, sem que conseguisse superar nenhuma delas. E, com a dor da perda do pai, destruindo o pouco de força que ainda possuía para lutar contra os seus medos e ansiedades, contabilizou a perda de Sílvia também. Para ele, nada havia a ser feito.

Agora, já não havia umas férias em Bari, nem Sílvia, nem Frédéric. Somente um branco, muito mais branco do que a neve de San Carlos de Bariloche.

O Universo tinha outros planos para ele e não permitiria que se entregasse ainda. Então, recomeçou a tecer onde os fios se rompiam, buscando fortalecê-los para o que estava por vir.

13. BRASIL

Quando Sílvia acordou para o seu segundo dia na empresa, sentia-se culpada por encher os ouvidos de Marco com problemas do trabalho, quando deveriam estar falando sobre eles.

Ela se lembrava do telefonema dele, em que ele se mostrava feliz por chegar em casa. Ela sentia que estragara tudo.

Considerou ligar para ele antes de sair para trabalhar, mas lembrou haverem combinado que ele ligaria, visto que ela nunca sabia se ele estaria no hospital ou não. E, assim, desistiu. Ele tornaria a ligar à noite e eles conversariam.

Sílvia foi para o escritório, e o segundo dia conseguiu ser pior do que o primeiro. Além da enorme quantidade de erros cometidos durante a sua ausência, ainda tivera que ouvir do pai dela que a culpa era sua, por ter se ausentado durante dez dias.

Então, ela se desdobrava para colocar tudo em ordem, mas quanto mais procurava consertar as coisas, mais problemas surgiam, e aquela situação se transformava em uma bola de neve. E não era da neve de Bari, que ela tanto amava.

Sobrecarregada de serviço, acabou se atrasando muito para sair da empresa. E, quando Marco ligou, ela lhe informou estar no trânsito. Ele ficou de retornar mais tarde, mas acabou não ligando. E ela começou a acreditar que ele deveria estar chateado com ela.

Novamente ponderou ligar para ele, mas imaginou que, se ele não ligara de volta, era porque não podia falar-lhe. Então, muito cansada, adormeceu.

Na noite seguinte, após outro dia exaustivo, ele telefonou. Quando ela atendeu, o achou estranho. Ele praticamente não falava. E ela começou a sentir-se insegura. Os fantasmas que a acompanhavam a cercavam por todos os lados, a fazendo travar.

Vestiu-se com uma armadura e escondeu-se dentro dela. Não falaria nada que expusesse seus sentimentos. Arrancou a culpa que sentira na noite anterior e a jogou fora, bem longe, para que não arriscasse encontrá-la novamente.

Assim, eles conversaram como se fossem dois estranhos. Como se não estivessem completamente apaixonados um pelo outro. Como se não tivessem existido as férias em Bari. Como se a neve nunca tivesse caído. Apenas o frio intenso do inverno argentino permanecia entre os dois. Sem cappuccinos, expressos ou chocolates quentes que os pudessem aquecer.

E, quando Marco desligou o telefone, ela tirou a armadura e largou as armas, entrando no banho. Então, os sentimentos saíram para respirar e, entre o inalar e exalar, as lágrimas brotavam incessantemente dos seus olhos, doloridos de exaustão.

Apesar do cansaço imenso, ela acreditava que não conseguiria dormir naquela noite. Sentia que Marco estava se distanciando dela, e não havia nada que ela pudesse fazer para evitar.

Como nunca tomara medicação para induzir o sono, abriu uma garrafa de vinho, bebendo a metade, na esperança de conseguir dormir.

Na manhã seguinte, acordou sem poder abrir os olhos. Com uma enxaqueca muito forte, tudo o que conseguiu fazer foi tomar um comprimido e voltar para cama.

Logo o seu telefone começou a tocar, mas ela não tinha a menor condição de abrir os olhos e sequer de falar. Então, desligou o aparelho. Sabia que deveria ser do trabalho, mas, quanto mais se preocupava, mais a dor aumentava.

Quando acordou, já passava do meio-dia. Imaginou que poderia trabalhar o resto da tarde. Porém, ao levantar-se, a dor e os enjoos retornaram e ela não teve opção, a não ser medicar-se novamente e voltar para a cama. Dessa vez, só conseguiria se recuperar por completo no dia seguinte, muito fraca por não ter se alimentado o dia anterior inteiro.

Após o banho, vestiu-se e tomou café, antes de sair para trabalhar. Na empresa, como não poderia deixar de ser, tudo estava pior do que antes. No meio da tarde, o seu cunhado a levou ao hospital — ela estava pálida e muito fraca.

Essa foi a segunda noite seguida que Marco ligou para ela e o telefone estava desligado.

No dia seguinte, durante o almoço, ela conseguiu alguns momentos de paz. Começou a imaginar se Marco teria ligado para ela nas noites anteriores. Pensou que talvez devesse conversar com ele e colocar tudo em pratos limpos. Se ele não tinha interesse em ficar com ela, eles poderiam terminar e deixar seus caminhos livres para que pudessem encontrar outras pessoas.

Em seguida, seus pensamentos divagaram rumo a Bari, e ela recordou-se de todos os sabores que provara com ele, todas as cores e texturas que experimentara. E a tristeza tomou-lhe a alma. Nunca mais haveria ninguém.

À noite, quando chegou em casa, estava decidida a ligar para o namorado. Se ele não pudesse atender, não atenderia. Era simples. Teria que tentar.

Ela tomou um banho, perfumou-se e usou um belo vestido, como se ele pudesse vê-la através do telefone. E então, ligou.

Foi somente no quinto toque que Marco atendeu.

Ele parecia feliz, mas, quando ela falou, teve a impressão de que a felicidade dele se desfizera. E foi aí que ela ouviu a voz de Frédéric e de mulheres... mais do que uma. Todos riam muito.

Marco lhe pediu um minuto e ela percebeu que ele se afastou dos demais, indo para um lugar mais silencioso. E se havia alguma dúvida a respeito de ele estar se afastando dela, já não havia mais.

Assim, não haveria por que ela se expor. Por cima do vestido, vestiu a armadura, jurando que não a tiraria mais. Essa seria a primeira e última vez que ligaria para ele.

Quando o argentino perguntou como ela estava, obteve como resposta que ela estava ótima. Que estava ligando para ele justamente para contar que tudo estava entrando nos eixos. Queria que ele sentisse que ela estava tão feliz quanto acreditava que ele estivesse. E conseguiu.

Ele não lhe contou que havia ligado nas duas noites anteriores. E ela não lhe perguntou.

Marco ainda voltou a ligar em outras noites, mas foi somente para a encontrar muito feliz sem ele. Ela falava apenas de trabalho e família. Sobre eles, nada. Até que um dia ele deixou de ligar. E o silêncio crescia assustadoramente.

Sílvia percebia que, mesmo sabendo que Marco estava feliz sem ela, se divertindo e vivendo a sua vida, a sua voz era tudo que restara do amor que vivera em Bari. E agora nem isso ela tinha mais.

A primeira semana sem ouvir a voz de Marco foi desesperadora. Ela mal conseguia se concentrar no trabalho. E todas as noites tinha a esperança de que ele ligaria. Mas acabava por adormecer nos braços da esperança.

Na segunda semana, a dor começara a diminuir, embora às vezes sentisse umas fisgadas que quase a faziam gemer de dor.

No final dessa segunda semana, a sua irmã e o seu cunhado a convidaram para jantar fora. Ele queria apresentar-lhe um amigo. E ela decidiu que iria.

No final do jantar, o amigo ficou de levar Sílvia para casa. Quando chegou na frente do seu prédio, perguntou-lhe se poderia subir com ela para se conhecerem melhor.

Ela desculpou-se, se dizendo cansada. Subiu sozinha, sentindo-se muito frustrada. Pensava que jamais amaria alguém novamente, até porque sabia que, apesar de muito bem escondido, todo o amor que sentia por Marco se mantinha dentro dela. E se odiava por amar alguém para quem ela nada significara além de uma diversão de férias.

Pensava em como pudera se enganar tanto. Lembrou-se do surto no chalé. Ele não fingira aquilo. Não havia como.

Concluiu que ele fora sincero. O que acontecia agora era que a distância os separava. Ele havia continuado com a sua vida, e ela precisava fazer o mesmo. E não o odiaria por viver. Tampouco odiaria a si mesma por fazer o mesmo. Se é que conseguiria.

Assim se passaram mais duas semanas. Um mês sem ouvir a voz dele. Em alguns momentos, ela sentia-se conformada. Chegava a passar dois dias inteiros sem se lembrar dele uma única vez sequer.

No dia 29 de agosto, ela estava trabalhando quando, no meio da tarde, o seu telefone tocou. Pelo número, percebeu que a ligação era da Argentina, mas não era o número de Marco. Um frio percorreu a sua espinha antes que ela atendesse.

Uma voz feminina perguntava se ela era a Sílvia, em espanhol. Quando ela confirmou, a pessoa do outro lado se identificou como Lia, irmã de Marco. Sílvia se descontrolou.

— O que houve com ele? Ele está bem? Onde ele está? — ela não dava espaço para que Lia respondesse.

— Sílvia! Se acalme, por favor! Vou lhe falar.

Como Sílvia não parava de perguntar, Lia decidiu começar contando que ele estava bem, mesmo que isso não fosse totalmente verdadeiro.

Sílvia emudeceu. E, assim, Lia pôde continuar.

Ela contou sobre todos os problemas que ele tivera em relação a Sílvia. Depois, falou sobre a morte do pai, há pouco tempo. Por fim, confidenciou-lhe que Marco estava extremamente deprimido e que ela achava que ele não estava mais frequentando a terapia.

Para concluir, explicou que havia conseguido o número do telefone dela no telefone dele, sem que o irmão soubesse, porque ele não queria, de forma alguma, que ela ligasse para a brasileira.

— Custei a achar o seu número, porque não aparecia o seu nome. Ele digitou, junto ao número...

— *Vacaciones*! — Sílvia completou. — Férias!

— Sim!

— Foi uma brincadeira que fizemos em Bari, por ser as nossas melhores férias — ela explicou antes de as lágrimas escorrerem pelo seu rosto.

Então, Sílvia pediu a Lia que lhe passasse o seu endereço, pois não sabia o endereço de Marco nem se o encontraria em casa. Iria para Mar del Plata quanto antes. E elas manteriam contato até que a brasileira conseguisse chegar.

Ela levantou-se, pegou a bolsa e saiu do escritório, com todos os olhares sobre si. Roberto perguntava a ela o que havia acontecido, mas ela sequer o ouvia. Apenas o seu corpo estava ali, por enquanto. Logo, sua alma o levaria para casa... para Marco.

14. ESTOU AQUI

Enquanto se dirigia à sua casa, ainda no trânsito, Sílvia ligou para Cláudia — sua agente de viagem — explicando que precisava voar para a Argentina com urgência.

Já em casa, ela organizava as malas. Agora, os pensamentos se invertiam. Não existia espaço em sua mente para mais nada que não fosse Marco!

Assim que terminou de arrumar as malas, dirigiu-se ao aeroporto, aguardando o telefonema de Cláudia. Sabia que poderia ter que esperar por muitas horas ali, mas não importava. Poderia esperar por dias, se preciso fosse.

Seus pensamentos flutuavam em sua mente, como flocos de neve quando caem soprados pelo vento.

Pensava que novamente compreendera tudo da forma errada. E Marco havia pagado o preço, mais uma vez. Entristeceu-se. Mas precisava se manter inteira para poder ajudá-lo. Seu coração haveria de ser mais forte do que sua mente, perturbada por um passado que não a deixava viver.

Seu telefone tocou. Cláudia conseguira uma passagem para as 8h20 da manhã do dia seguinte. Um voo direto para Buenos Aires, com 1h45 de duração.

Em seguida, Sílvia ligou para Lia, comunicando que chegaria a Buenos Aires por volta das 10 horas do dia seguinte. Iria alugar um carro ainda no aeroporto e sairia imediatamente para Mar del Plata.

Lia mostrou-se grata por Sílvia ter se prontificado a ajudá-la com o irmão.

Após passar a noite dormindo em cadeiras desconfortáveis do aeroporto, Sílvia finalmente partiu rumo à Argentina.

Saiu do aeroporto em direção a Mar del Plata, às 11 horas, fazendo uma única parada no caminho para almoçar. E às 16 horas chegava à frente da casa de Lia.

Lia percebeu o cansaço no rosto de Sílvia e perguntou-lhe se ela não preferia dormir um pouco antes de ir ao encontro de Marco.

— Passei a noite em um aeroporto, esperando para pegar o primeiro voo que consegui, para encontrá-lo. Por favor! Onde ele está?

Lia entrou no carro que Sílvia alugara, mostrando-lhe o caminho até o apartamento do irmão. Durante o trajeto, foi lhe relatando tudo o que acontecera durante os dois meses que eles não mais se viram. Depois, começou a preparar a brasileira para o que ela encontraria.

— O Marco não tem se alimentado nem dormido. Desde a morte do nosso pai ele não sai de casa. E sequer abre as janelas. Não sei lhe dizer se tem tomado os ansiolíticos. E, claro, não trabalhou mais.

Sílvia começou a imaginar a situação na qual Marco se encontrava. E o seu semblante tornava-se pesado.

— E o Frédéric?

— Acho que já faz mais de um mês que voltou para a França.

— E ele não sabe do que aconteceu com o Marco?

— Não sei dizer se eles têm se falado.

A brasileira estacionou o carro na frente do prédio onde Marco morava e desceu com Lia. Como Lia tinha as chaves do apartamento, as usaria para entrar sem bater à porta. Mas pediu a Sílvia que aguardasse do lado de fora, enquanto ela daria uma olhada na situação.

Quando Lia a convidou a entrar, os seus passos eram inseguros e lentos.

Uma penumbra envolvia toda a ampla sala de estar. Em um sofá, à esquerda de onde Sílvia estava, Marco encontrava-se deitado de lado, com o rosto voltado para o encosto.

Enquanto Lia se dirigiu à cortina da janela na parede do fundo da sala com o intuito de melhorar a claridade do local, Sílvia deu dois passos a mais em direção a Marco e travou.

Com a claridade que se fez, ele levantou a cabeça e voltou-se para ver quem estava a lhe fazer companhia, deparando-se com Sílvia, de pé, a encará-lo.

Por mais debilitado que ele parecesse estar no momento, não havia pesar no rosto de Sílvia. Somente um amor e uma saudade que, além de transbordar dos olhos, vertiam por todos os seus poros, extravasando-se.

Então, Marco sentou-se no sofá com os pés no chão e sem tirar os olhos dela, como se tivesse medo de que, se piscasse, acordaria daquele sonho e, ao acordar, não mais a veria.

E foi quando, com a voz embargada, ela falou o que ele precisava ouvir:

— Amor! Estou aqui!

Marco levantou-se e ela apressou-se até ele o abraçando. Ele a envolveu nos braços, deitando a sua cabeça sobre a dela.

O abraço, que permanecia, os remetia a Bari, embora Sílvia soubesse que aquele Marco que a envolvia e era envolvido por ela era somente a sombra do homem que ela conhecera, fotografando as paisagens geladas de umas férias encantadoras.

Quando o abraço se desfez, após alguns minutos, eles nada falaram. Sílvia ergueu a cabeça para olhar o rosto dele. E Marco, com um braço ainda em torno dela, olhava em seus olhos enquanto acariciava o seu rosto.

Então, Lia se fez presente, e Marco desviou os olhos de Sílvia para a irmã.

— Você fez isso?

— Você não me deixou escolha.

Ele olhou para Sílvia novamente, ainda com o braço em torno dela.

— Obrigado! — disse, por fim, à irmã, esboçando um sorriso, enquanto abraçava a namorada com os dois braços.

— Eu adoraria deixar vocês a sós — considerou Lia —, mas creio que esta casa não esteja em condições de receber visitas. E, assim, penso que vocês poderiam ir para a minha casa. Nesse ínterim, peço para alguém passar aqui e realizar uma limpeza.

Enquanto Marco se preparava para falar, Sílvia foi mais rápida:

— Não se preocupe, Lia. Cuidarei dele e de tudo que envolva a vida dele — então se virou para Marco, antes de continuar. — Eu lhe disse que era para sempre. Até o fim! Ele se emocionou e, fechando os olhos, beijou-lhe a testa, antes de abraçá-la ainda com mais força.

Sílvia se desfez do abraço, virando-se para Lia e dizendo que a levaria para casa e depois passaria em algum mercado para comprar mantimentos.

— Vamos ver o que tem na cozinha, primeiro — sugeriu Lia, já se encaminhando ao cômodo.

Mas Marco a interrompeu:

— Nem precisa olhar. Não tem nada aí. Eu... não tenho sentido muita fome.

— Ok! Levarei a Lia e realizarei as compras. Enquanto isso... bem... vá tomando um banho, tá?

Marco levantou o braço, cheirando as axilas, enquanto as duas riam com discrição.

— Não! — disse ele, enquanto Sílvia o olhava surpresa. — Quero dizer, sim! Tomarei banho agora. Mas me espere. Vou com vocês.

— Ah! Está certo! Aguardaremos! — concordou a namorada.

Enquanto Marco estava no banho, as duas examinavam o apartamento para listar o que precisavam comprar: material de limpeza e mantimentos.

— Você deve estar cansada demais para ter que se preocupar com isso agora — deduziu Lia.

— Sim! Estou mesmo! Mas estou muito mais feliz por estar ao lado dele. E confesso que achei que ele estivesse pior...

— E ele estava! Eu não o via sorrir há mais de mês. E estava irritado, com a cara fechada.

— E mudou de repente?

— Quando a viu.

— Talvez não estivesse deprimido, fosse somente tristeza.

— Não sei! Não sou psicóloga. Mas... dê uma olhada no estado deste apartamento e... tem a questão do banho também — ela lembrou torcendo o nariz.

— É! — concordou Sílvia, arqueando as sobrancelhas.

— Mas ele vai conseguir. Vou ajudá-lo com o que ele precisar.

— Até quando você vai ficar?

— Até quando ele precisar de mim.

— E a sua mudança chega quando? — divertiu-se a cunhada, fazendo a brasileira rir.

— Amooor! — Marco gritou do banheiro da suíte.

Sílvia foi até ele, ou até o lugar de onde ouvira a sua voz, já que não conhecia o apartamento. Quando o encontrou, ele terminava de secar-se e a puxou para si.

— Quer conferir se o banho está a contento? — brincou.

— Não com a sua irmã na sala — respondeu cheirando o corpo dele —, mas parece que está bom!

Então, ela deu uma olhada no recinto.

— Infelizmente, não posso dizer o mesmo deste banheiro.

Ele também visualizou o local antes de concordar. Depois sugeriu:

— Podemos dormir no quarto de hóspedes nesta noite e usar o banheiro social, que ninguém estava usando. Devem estar limpos, ou menos sujos, pelo menos. Amanhã eu mesmo limpo tudo. Ou chamo a Ana, se ela quiser voltar.

— Quem é Ana?

— Ela limpa a minha casa. Ou limpava, antes de eu pedir a ela que não viesse mais. Mas peço que volte...

— Tudo bem, amor! Depois vemos isso, ok?

— Fala de novo...

— Amor! — ela repetiu olhando nos olhos dele, antes de ele beijar a sua boca e abraçá-la.

Ela lhe pediu que se vestisse, enquanto faria companhia para Lia.

Quando Marco chegou à sala, Sílvia reparou o quanto ele havia emagrecido. As olheiras eram profundas... e o cabelo estava muito comprido.

Ela gostava de cabelos compridos. E os dele eram lindos. Mas isso mostrava o quanto não estava se cuidando. E disso ela definitivamente não gostava.

Após deixar Lia em casa, eles foram às compras. E Sílvia agradecia que Marco estivesse com ela, pois havia alguns produtos que ela não encontrava e não sabia como traduzir.

Quando Marco começou a encher muito o carrinho com mantimentos, ela lhe pediu que parasse. Estava exagerando.

Ele olhou para o carrinho e depois se virou para ela com um olhar comedido.

— Quanto tempo você vai ficar?

— Só o tempo que você quiser que eu fique.

Os olhos dele brilharam.

— Então, preciso comprar o mercado.

Sílvia riu, dizendo que não seria preciso. Ela voltaria para fazer novas compras quando aquelas terminassem.

No caminho de volta, Marco sugeriu que parassem em uma lanchonete. Ele precisava comer alguma coisa e ela também. Sabia que ela estava cansada e deveria estar com fome.

Enquanto lanchavam, ela percebeu que o que Marco ingeria não chegava nem perto do que ele costumava comer quando estavam em Bari. E apontou isso a ele.

— Eu não tenho comido muito, amor, tampouco me exercitado! Não posso sentar-me aqui e comer tudo o que não comi até agora. Mas prometo que melhorarei. Seja positiva e pense que perdi umas graxinhas — gracejou.

Sílvia sorriu. Não estava convencida de que isso era algo positivo.

15. JUNTOS

Nos dias que se seguiram, Marco melhorava a olhos vistos. Voltou a se alimentar bem, exercitar-se, fazer terapia e trabalhar.

A vida deles era muito parecida com o que viveram em Bari. O amor que sentiam um pelo outro era sempre visível no brilho que carregavam em seus olhos e nos sorrisos francos.

Sílvia esforçava-se muito para se tornar fluente no idioma. Tanto que combinaram, entre eles, não conversar mais em português, e muito menos usar o "portunhol", que só a confundia mais.

Quando completou seis meses que eles moravam juntos, ela começou a trabalhar, administrando uma empresa de transporte rodoviário. Iniciou, também, a terapia. Tinha medo de que o seu passado voltasse a assombrá-la.

A família dela, no Brasil, cobrava que ela voltasse para casa e para a empresa da família. Mas ela não negava que essa era uma questão inexistente em sua vida. Não deixaria a sua verdadeira casa — Marco — novamente. Mas amava a sua família, e tantas cobranças a entristeciam.

Frédéric falava com Marco frequentemente, mas não conseguira voltar para a Argentina, como gostaria. Por imposição do pai, teria que terminar a faculdade primeiro.

O argentino ganhava corpo com a alimentação e os exercícios. Seu rosto estava com uma aparência saudável. Ele estava usando os cabelos mais curtos, sob protesto de Sílvia. E tanto ela pediu que ele concordou que deixaria crescer um pouco mais.

Entretanto, num sábado pela manhã, quando os cabelos dele já passavam da altura dos ombros, ele a beijou, dizendo que sairia rapidamente e logo estaria de volta. Quando ela lhe perguntou para onde ele estava indo, Marco respondeu que iria cortar o cabelo. Ela, de sobressalto, afirmou que o acompanharia.

Marco estava com o cabelo lavado. O barbeiro usou o pente na parte de trás, deixando bem espichado, e perguntou-lhe o quanto queria que cortasse.

Quando o argentino falou "uns dez centímetros", Sílvia protestou:

— Não! Aqui! — mostrava ela, para o barbeiro, onde o cabelo deveria ser cortado.

— Amor! — dizia Marco. — É o mesmo que não cortar.

— Não! — ela objetava. — Corte abaixo dos ombros para que, quando estiver seco, fique na altura dos ombros.

O barbeiro, com o pente em uma mão e a tesoura na outra, aguardava olhando de um para o outro. Então, Marco tentou usar um argumento que, julgou, encerraria com o assunto:

— Quem vai sair na rua, com o cabelo, sou eu!

Sílvia, julgando ter um argumento melhor, rebateu, dessa vez em português, para que somente ele compreendesse:

— Quem agarra o seu cabelo sou eu!

Ele sacudiu a cabeça para os lados, sorrindo, antes de pedir ao barbeiro que cortasse no comprimento que ela desejasse.

Quando completou um ano que moravam juntos, Marco a pediu em casamento, o que ela aceitou de pronto. E foi no dia do casamento deles que Marco conheceu a família dela.

Sílvia aproveitou para matar a saudade de todos. Por mais que morassem tão próximos, ela não voltara ao Brasil. Tinha um medo sobrenatural de deixá-lo.

Quando saíram em lua de mel, o lugar não poderia ser outro: Bari. E dessa vez, sem Frédéric. Eles reviveram os seus primeiros momentos. Apesar de o francês não ter participado da lua de mel, eles se lembravam dele em todos os lugares por onde passaram juntos. Ambos sentiam a falta do jovem, embora Marco sentisse mais.

Dessa vez, Sílvia conhecera Villa inteiramente. Não houve incidentes de espécie alguma, e aquele que estava ao seu lado era o seu amor, e não o médico. Eles irradiavam felicidade por onde passavam.

Marco aproveitava para fotografar as lindas paisagens do lugar, e também a sua esposa. Claro que sob os protestos veementes dela. Isso não mudara. Ela continuava não gostando de ser fotografada.

Um dia antes do final da lua de mel, eles subiram para a estação de esqui, da qual Sílvia descera tantas vezes de "esquibunda".

Eles contemplavam a beleza do lugar abraçados, quando ela pediu a ele para descer esquiando.

— Por que não pediu antes? Você não aprenderá a esquiar em minutos.

— Porque estou pedindo agora.

Ele negou. Aquela pista era própria para quem já sabia esquiar, e não para principiantes. Mas, para amenizar, prometeu-lhe que, no ano seguinte, voltariam a Bari, para que ela aprendesse a esquiar.

E a promessa foi cumprida. No ano seguinte, eles estavam em Bariloche, novamente. Assim, ela descia a enorme pista de esqui, com Marco ao seu lado.

A sensação de liberdade que sentia quando esquiava era indescritível. Marco acreditava que ela imprimia muita velocidade nas descidas e, por vezes, chegou ao final da pista furioso com ela.

— Você está louca? Se você cair a essa velocidade, não vai restar um único osso inteiro no seu corpo — esbravejou.

— Eu não vou cair — ela se defendia.

— Ninguém acha que vai cair, até que caia. Isso é um comportamento suicida — continuou ele.

— Tenho um médico particular comigo.

— Querida! — ele tornou em tom de deboche. — Depois de uma queda dessas, você precisaria de um deus, e não de um médico. E, no momento, acho que você está precisando é de um exorcista. Agora, vamos embora. Chega de esquiar por hoje.

Os momentos de discussão e desentendimentos eram raros. Normalmente, suas ideias e seus planos caminhavam de mãos dadas. E, como a felicidade fazia morada nos dois, a tristeza tornara-se mera transeunte em suas vidas.

Sílvia agradecia constantemente ao Universo por tê-lo em sua vida. E a cada dia o amava e cuidava mais.

Quando completaram três anos de casados, tiraram férias na França, onde, claro, encontraram-se com Frédéric.

O garoto, agora contando com 22 anos, os recebeu com a mesma alegria de quando compartilharam as férias em Bari.

Nessas férias, não haveria a neve para acompanhá-los. Era verão na França, mas nem por isso foi menos incrível todos os momentos que passaram juntos.

Embora não tivessem convivido por anos, a amizade entre os três se mantinha como se tivessem convivido, diariamente, desde sempre.

Eles conheceram a família do garoto, e Marco confessou a Sílvia que se sentiu enciumado.

Frédéric comunicou que, em seis meses, estaria se mudando para o Brasil (para São Paulo), onde residiria e trabalharia, expandindo os negócios de seu pai.

O casal ficou muito feliz com a novidade. Primeiro, porque estariam mais próximos. Depois, porque o garoto estava crescendo. E, finalmente, porque marcaram as próximas férias, juntos, em Bari.

Mas essas férias foram proteladas por três anos seguidos. E somente em 2004 eles puderam repetir essa experiência. Na ocasião, Marco contava com 45 anos, Sílvia, com 37 e Frédéric, com 25.

Como da primeira vez, eles divertiram-se como uma família feliz. A família poliglota de Sílvia. Foram muitas guerras de bolas de neve, dois enormes bonecos, muitos expressos, cappuccinos e chocolates quentes.

Somente uma coisa mudara: agora Sílvia esquiava. E, quando ela descia a montanha esquiando com Marco, a velocidade que imprimia nos esquis era razoável. Mas, quando descia com Frédéric, eles pareciam estar participando de uma competição. Um instigava o outro.

Já no final das férias, depois de uma tarde esquiando, eles retornaram ao hotel sem que Marco proferisse uma só palavra. Quando entraram em sua suíte, Marco pegou a mão de Sílvia e levou-a até uma poltrona. Com ela sentada, ele sentou-se imediatamente a sua frente, fitando seus olhos.

— Eu não sei mais o que dizer para que você compreenda — ele começou a falar. — Mas vou tentar novamente, de outra maneira. Um acidente na velocidade que vocês estavam pode matar você e ele. E eu preciso de vocês vivos.

— Marco! Sou boa nisso — ela gabou-se.

— Sei que você é boa! Mas esquiadores profissionais também morrem em quedas. Ou, às vezes, nem morrem. E isso pode ser ainda pior, porque o que sobra deles é passar uma vida vegetando sobre uma cama. É isso que você quer?

Sílvia apenas o ouvia. Então, ele contou sobre o final trágico do esquiador que ele atendera no acidente que ela presenciara quando se conheceram.

— Dá para você entender que eu não posso perdê-la?

Ela segurou o rosto dele.

— Você não vai me perder. Não em um acidente de esqui. Eu prometo. Não vou esquiar mais! — falou antes de beijá-lo.

E ela cumpriu a sua promessa. Mesmo com toda a sensação de liberdade que conseguia sentir enquanto esquiava, renunciaria a usar esquis novamente. Mas isso não a entristecia. De forma alguma. Pensava que, na total liberdade de sua alma, escolhera permanecer nele. E permaneceu. Até o fim!

Era outono de 2007. Um outono excepcionalmente quente, em que as pessoas buscavam se proteger do calor dentro de seus carros, ou em salas com o ar-condicionado ligado.

Frédéric estava em São Paulo, trabalhando, enquanto Marco e Sílvia se mantinham em Mar del Plata. Como de costume, os três buscavam, sempre que possível, tirar as suas férias no inverno, onde poderiam aproveitar a neve, que tanto apreciavam.

Sílvia saía para trabalhar logo cedo, pela manhã. E Marco ficava dormindo, visto entrar mais tarde no hospital.

Como sempre fazia, ela foi até o quarto e beijou os cabelos dele antes de sair. E por uma razão que desconhecia, naquele momento, parou, assim que chegou à porta do quarto, e voltou-se para ele. Por alguns momentos, observou-o dormindo.

Então, foi tomada por um sentimento que se aproximava da melancolia, sem compreendê-lo.

Pensava na relação que eles tinham. Muitas vezes ouvira das pessoas que os cercavam que aquela paixão que tinham um pelo outro iria terminar, que só durava no início do casamento. No máximo, três anos. Mas já se passavam nove anos, e eles mantinham o olhar apaixonado um pelo outro.

Ela sorriu para ele, enquanto reparava um suave sorriso em seu rosto, fazendo com que ela imaginasse qual seria o sonho que ele estivesse tendo. E por fim virou-se, saindo para o trabalho.

Já era quase meio-dia, quando o telefone de Sílvia tocou. Pelo número, ela sabia que era do hospital, e atendeu, acreditando ser o marido. Mas, quando um médico amigo dela e de Marco perguntou por ele, ela ficou confusa.

— Ele deveria estar aí — estimou. — Você tentou ligar para ele?

— A manhã inteira. Ele não atende.

— Vou encontrá-lo! — ela afirmou, encerrando a ligação com um frio que percorria a sua espinha.

Sílvia pegou a bolsa e as chaves do seu carro, saindo às pressas do escritório, em direção a sua casa. Durante o trajeto, tentava falar com Marco por inúmeros telefonemas, dos quais ele não atendeu nenhum.

Ao entrar no apartamento, com o coração aos pulos, sem sequer fechar a porta, se dirigiu diretamente ao quarto, onde estancou, assim que o viu deitado imóvel, na mesma posição que o havia deixado mais cedo.

Ela se aproximou dele, passando uma mão em seus cabelos, com suavidade. Então, sentou-se ao seu lado e beijou-lhe a face, agora fria como a neve, que começava a congelar o seu coração.

Buscava desfazer-se das lágrimas que insistiam em permanecer em seus olhos. Elas a impediam de ver aquele rosto que tanto amava.

Havia nela uma urgência em olhar para ele. E, como as lágrimas não lhe permitiam, ela começou a gritar, na esperança de que, se a sua dor se desprendesse dela através da voz, os seus olhos poderiam secar.

No apartamento ao lado, morava um casal de amigos deles. Quando ouviram os gritos desesperados de Sílvia, correram para acudi-la, encontrando-a sobre o corpo de Marco.

Miguel, o vizinho, que também era médico, foi quem afastou Sílvia, entregando-a para a esposa, enquanto examinava o amigo. Mal tocara no corpo quando constatou que nada mais poderia ser feito. Ele havia morrido há muitas horas.

Sílvia não se conformava.

— Tente, por favor! Tente! Traga-o de volta! — suplicava enquanto chorava.

Como Miguel apenas dizia que não havia mais nada que pudesse ser feito, ela subiu sobre o corpo de Marco e tentou fazer massagem cardíaca.

Sofia, a esposa de Miguel, tinha os olhos marejados com a cena que presenciava. Ela se aproximou, colocando-se ao lado da cama e dobrando o corpo para conseguir segurar os ombros de Sílvia.

— Querida! Ele se foi! Compreendas, por favor! É o fim! — evidenciou, olhando nos olhos da brasileira.

Então, Sílvia enrijeceu. "O fim!"

— Nãããão! — foi o último lamento dela, enquanto abraçava o corpo, invólucro daquele que, por dez anos, ela chamara de "sua casa".

Enquanto Miguel tomava providências para a remoção do corpo, Sofia tentava descobrir com Sílvia o telefone de Lia, para avisá-la. A brasileira desbloqueou o seu celular e entregou-lhe.

16. ADEUS

Não havia nada capaz de consolar Sílvia, diante da sua perda. E ela se mantinha apática a tudo e a todos.

Lia, que também sofria a perda do irmão, não conseguia consolá-la. O marido dela e Miguel foram os responsáveis por tratar das últimas homenagens dedicadas ao amigo.

Mas, apesar do sofrimento, Lia conseguiu lembrar-se de Frédéric e telefonar-lhe, comunicando sobre o falecimento do irmão.

Por mais que Frédéric tenha se esforçado para chegar antes do enterro do amigo, não conseguira chegar a tempo.

Quando a cerimônia fúnebre terminou, Lia passou o braço sobre os ombros de Sílvia, a convidando para irem para casa.

— Eu não tenho mais uma casa. Ela acaba de ser enterrada — lamentou-se, com lágrimas escorrendo pela face.

— Você precisa ser forte, querida!

— Eu não vou conseguir! Ele era a minha fortaleza e agora... eu sou somente ruínas...

Lia ainda a convidou para ficar com ela, mas Sílvia preferiu ficar no seu apartamento. Não tinha vontade de estar com ninguém. Queria ficar a sós com a sua dor. Aquela seria a noite mais escura na vida de Sílvia. Não havia um único ponto de luz em tamanha escuridão. O tempo congelara diante do nada que restara. No nada, havia um silêncio gutural, que confundia a sua existência. "Como posso existir no nada? Que gritos horrendos são esses que ouço diante de tamanho silêncio?"

Já delirante, diante do impensado, percebia que o nada se retirava para deixar retornar a dor, da qual ela queria tanto se afastar.

E foi quando o dia praticamente se esgueirou por uma brecha entre as nuvens pesadas e as cortinas da janela da sala de estar que ela, na mais profunda solidão e exaustão, implorou ao Universo que a levasse dali.

Então, com sua alma já a palmos do seu corpo, ela somente sentiu uma mão que tocou a sua com ternura e aquela voz que tantas vezes a confortou:

— Estou aqui.

E os gritos cessaram. A dor cedeu novamente ao mais absoluto nada, ao qual ela se entregou.

Quando Frédéric chegou em Mar del Plata, dirigiu-se diretamente à casa de Lia, acreditando que Sílvia estivesse lá com ela. Quando soube que ela estava em casa, preocupou-se, imaginando como a deixaram sozinha.

Antes que partisse ao encontro da amiga, pediu a Lia que emprestasse a ele a chave do apartamento de Sílvia. Depois, se retirou.

Quando chegou à frente do prédio, não interfonou. Usou a chave para entrar. À frente da porta do apartamento, ele usou a campainha e esperou. Como não houve resposta, tocou a campainha mais uma vez, aguardando.

Então, não esperou mais. Abriu a porta com a chave de Lia e entrou, encontrando Sílvia sentada ao chão da sala e recostada à parede, com a cabeça pendendo para o lado. Ele correu ao encontro dela, abaixando-se à sua frente e segurando o seu rosto delicadamente, enquanto chamava o seu nome.

Sílvia abriu os olhos inchados lentamente, fechando-os em seguida enquanto voltava a chorar.

Frédéric a abraçou da forma que conseguiu, com ela ainda ao chão. Acariciando os seus cabelos, chorou junto.

Depois, ele sentou-se ao chão, ao lado de Sílvia, recostando-se na parede e puxando ela para os seus braços.

— Ele se foi, Fred! O meu amor! — ela falava e chorava. — E eu não aguento mais esta dor. Eu só queria ter ido com ele. Por que eu não fui com ele?

Frédéric a abraçava mais forte, com a cabeça dela em seu peito e acariciando os seus cabelos.

— Não diga isso. Eu também o perdi. Não suportaria perdê-la também — confessou-lhe com lágrimas escorrendo pelo rosto.

Eles permaneceram abraçados por mais alguns minutos, em silêncio, até que Frédéric perguntou-lhe há quanto tempo ela não se alimentava. Sílvia deu de ombros, e ele sugeriu que faria algo para ela comer. Mas ela pediu que não fizesse. Não conseguiria comer nada.

Então, ele se levantou, pegando-a no colo e deitando-a no sofá. Sentou-se ao seu lado, acariciando os seus cabelos e olhando para o seu rosto inchado de tanto chorar.

Sílvia apenas olhava para o nada, quando ele beijou a testa dela e levantou-se.

Alguns minutos depois, ele entrou na sala com um copo de suco que havia preparado.

— Venha cá! — pediu-lhe, enquanto a ajudava a sentar. Ele a abraçou com um braço e, com o outro, a ajudava a tomar o suco.

— Tem laranja, papaia e morango aí. Tudo que encontrei. Você precisa se alimentar — asseverava, enquanto dava de beber a ela em pequenos goles.

— Por que tenho que comer se tudo o que quero é morrer? — ela o questionou voltando a chorar muito.

Frédéric largou o copo e a abraçou com força, antes de falar:

— Porque o Marco não iria querer que você morresse.

— Não? — ela gritou, levantando-se e olhando para ele, com fúria. — E ele ia querer o quê? Que eu passasse uma vida sofrendo com esta dor que rasga o meu peito?

Frédéric levantou-se e aproximou-se dela, sem tocá-la.

— Por quê? Por que isso está acontecendo? Por que o tiraram de mim? Por que tenho que querer viver sem ele? Por que não fui eu quem morreu?

Ele a abraçou com ternura.

— Porque ele não suportaria passar por isso novamente.

— Não! Ele não suportaria! — reconheceu Sílvia. — Mas eu acho que também não consigo.

— Você vai conseguir, porque eu estou ao seu lado. E nós passaremos por isso juntos, ok? Você não está sozinha.

— Ele ia querer estar aqui conosco... — ela avaliou, voltando a chorar.

— Eu sei! — ele concordou, chorando com ela, enquanto a abraçava. — Mas ele deve estar feliz de saber que você não está sozinha.

Sílvia lembrou-se de quando retornou ao Brasil, logo após se conhecerem, quando ela se consolou ao saber que os dois estavam juntos. E então, considerou:

— Sim! Ele deve estar.

Marco faleceu no mês de junho — três meses antes de eles completarem dez anos de casados. Quando o dia do aniversário de casamento chegou, o amigo ainda estava ao lado dela, amparando-a. E não foi nada fácil.

Depois, veio o mês de julho, e as lembranças das suas primeiras férias em Bari — aquelas, na qual conhecera o amor da sua vida. E Frédéric permanecia ao lado dela. Independentemente do tamanho da avalanche, ele sempre estava com ela.

E foi muito lentamente que Frédéric foi auxiliando Sílvia a sobreviver, porque, da vida, ela se mantinha distante.

Ela não conseguia trabalhar, voltara à terapia e tomava medicação para combater a depressão. Lembrava muito o próprio Marco, antes de ela voltar do Brasil para ficar com ele, até o fim.

E foi justamente durante uma sessão de terapia que ela se recordou de que prometera a ele, e sempre o relembrava, de que estaria ao seu lado até o fim. Ela colocou a frase exata:

— "Meu amor! Ficarei com você até o fim! Se você desistir de você mesmo, eu nos manterei. E, quando você não mais existir, eu serei por nós. Sempre!"

Então ela concluiu:

— Quando ele desistiu dele, eu nos mantive. Mas eu não sabia que o fim dele seria também o meu. E eu não sei de onde tirar forças para ser por nós, agora. Eu não consigo sequer ser por mim. Eu não perdi o norte, quando ele partiu. Perdi a bússola inteira.

Nesse momento, o terapeuta pediu a Sílvia que falasse um pouco mais sobre Frédéric.

— O garoto não quer que eu morra. Ele não quer ficar sozinho. E eu espero que ele não vá antes de mim, porque eu não posso passar por isso outra vez.

— E seria igual? Quer dizer, você acha que, se acontecesse da mesma forma, você sentiria a mesma dor?

Sílvia procurava imaginar, mas não conseguia. E o terapeuta, percebendo que ela não conseguiria desvencilhar o emaranhado dos seus pensamentos naquele momento, fez-lhe outra pergunta.

— Por que você o chama de garoto? Pelo que me recordo, ele deve ter por volta de 30 anos.

— Vinte e oito.

— Acho que não dá para considerá-lo um garoto.

— É que, quando nos conhecemos, ele tinha 18 anos. E o Marco o chamava de garoto. Acho que ele não se importa.

— Nunca perguntou a ele?

— Não!

Ela começou a perceber que não perguntara nada a Frédéric: por que ele ainda estava ali, ao lado dela? Por que ele aguentava a pessoa horrível que ela havia se tornado? Por que ele não voltava para a vida feliz dele? E decidiu que conversaria com ele durante ou logo após o jantar.

17. FRÉDÉRIC

Sílvia chegou em casa decidida a conversar com o amigo. Fazia quatro meses que o marido partira, e Frédéric ainda estava na Argentina, na casa dela. Ela nunca perguntou a ele o porquê de ele permanecer. Afinal, ele era jovem e tinha vida própria. Tinha o seu trabalho, morava em outro país e deveria ter uma namorada.

Fora isso, Sílvia tinha noção da pessoa amarga em que se transformara. Já não achava motivos para sorrir, como fizeram juntos por tantas vezes, no passado.

Ela saiu do banho, vestiu-se e foi encontrar Frédéric na cozinha, onde ele preparava o jantar.

— Olá! Como foi a terapia? — ele a inquiriu.

— Foi boa... você quer uma ajuda aí?

— Não! — ele sorriu. — Mas fico feliz que tenha se oferecido.

— Por que você fica feliz?

— Porque é sinal de que você está se propondo a fazer alguma coisa. E, sempre que você se interessar em realizar qualquer coisa, eu ficarei feliz.

— Por quê?

— Porque isso significa que você está melhorando — ele evidenciou.

— Não! Na verdade, o que quero que você me explique é por que ainda está aqui.

Ele voltou-se para a panela, sobre o fogão, onde preparava um molho bechamel, que usaria sobre os legumes já preparados, e manteve-se em silêncio por um minuto, antes de fazer-lhe uma pergunta, sem olhá-la, ou responder a dela:

— Você quer que eu vá embora?

Ela precisou de alguns segundos apenas, antes de responder:

— Quero que você seja feliz, garoto. E a felicidade não mora mais aqui. Tenho certeza de que você já percebeu isso. Ela se foi com o Marco.

— Se você me quer feliz, não me peça para ir embora — considerou, virando-se para ela.

— Sou grata a você por tudo que tem feito por mim. Mas você merece ter uma vida. E aqui, comigo, você só irá encontrar tristeza e escuridão.

— Eu tenho uma vida aqui. E você sairá da escuridão. Já está saindo...

— Não! Garoto! — ela o interrompeu. — Não há futuro para você aqui...

— E para você? Há?

— Não há futuro para mim em lugar algum — ela exaltou-se. — Eu só estou esperando chegar o dia em que tudo termine e...

Frédéric suspirou olhando para cima e passando as mãos pelos cabelos, da mesma forma como Marco fazia. Sílvia não conseguia parar de olhar para ele.

— Você cresceu... — ela observou, fazendo com que ele lhe olhasse.

— Que bom que você notou.

— Eu...

— Escute, Sílvia! — ele falou se aproximando dela, pegando na sua mão e lhe oferecendo uma cadeira para se sentar. — Eu não posso ficar aqui, caso você me mande embora, mas eu não tenho vontade nenhuma de sair. Você diz não haver felicidade aqui. E eu lhe garanto não haver felicidade para mim lá fora. Então, me dê uma chance de ser feliz aqui. E quem sabe a felicidade retorne para você também.

— Eu jamais o mandarei embora, mas... nós nunca conversamos sobre você. Você cuida de mim, cuida da casa, das refeições. É meu nutricionista, meu motorista, meu enfermeiro... Meu Deus! Isso não é vida! Gasta o seu dinheiro comigo, e nem sei como faz isso. Você não está trabalhando nem namorando... não está vivendo, Fred!

Ele sorriu.

— Tudo bem! Fico feliz que se preocupe e queira falar de mim. Falaremos, então. Em primeiro lugar, eu gosto quando você me chama de Fred e não gosto quando me chama de garoto. Não me importava quando o Marco me chamava assim, mas, você? Nunca gostei.

Sílvia olhava para ele, com surpresa no olhar, e ele continuava:

— Em segundo lugar: eu não preciso trabalhar. Não preciso me fazer presente. Mantenho contato, mesmo à distância, e resolvo o que for preciso. O meu trabalho consiste em ter ideias, e eu não preciso estar lá para tê-las...

— Se você não precisava estar lá, por que não estava aqui comigo e com o Marco, durante todos esses anos? Achávamos que era porque você estava trabalhando.

— Chegamos ao ponto! — ele falou, levantando-se e caminhando pela cozinha. — Terceiro: eu não tinha nada além de encontros casuais em São Paulo. Nunca me interessei por ninguém lá. Eu só amei uma única mulher na minha vida e... ela nunca me amou, porque ela sempre amou outro homem.

— Amou? Não ama mais?

Ele estava parado de pé, à frente dela, que permanecia sentada. E não falava nada. Apenas a contemplava.

— Se ela não o ama mais, vá atrás dela. Você tem que tentar. Onde ela está? Na França?

Ele sentou-se à sua frente e continuou a admirá-la.

— Responda, Fred! Onde ela está?

— Ela está na minha frente, Sílvia!

Sílvia sentiu como se o seu coração tivesse parado por instantes, voltando a bater, em seguida, em um pulo que quase lhe arrebentou o peito.

— Não! Você não pode estar falando sério — ela objetou, levantando-se em direção à porta que dividia a cozinha do hall.

Fred levantou-se segurando o seu braço.

— Espere! Vamos conversar! Você disse que queria falar de mim.

Ela voltou-se para ele.

— Você acha que tenho condições de ouvir o que acabei de ouvir? Eu não consigo pensar nas coisas mais básicas: o que vestir, o que comer... não consigo tomar os remédios... não sei a hora e qual tomar. Como você espera que eu organize na minha mente o que você acabou de me dizer?

— Eu não ia te contar. Nunca. Mas...

— Por que contou?

— Eu... não sei. Me desculpe. Dá para esquecer? Podemos fingir que eu não falei isso. Por favor! Sente aqui — ele puxou a cadeira para ela se sentar junto à mesa. — Vou servir o jantar e nós vamos comer, sem conversar à mesa — completou, enquanto ela se sentava.

Eles jantaram em silêncio. Não se olhavam. E Sílvia mal tocara na comida.

Quando terminou a refeição, ela desejou uma boa noite para ele e foi para o seu quarto.

Assim que entrou, teve uma crise de choro. Não sabia o que fazer com o que acabara de ouvir. E, quanto mais tentava compreender e organizar a sua mente para conseguir resolver, pior ficava por não conseguir.

Ela se sentia inútil, incapaz de cuidar da própria vida e totalmente dependente de um garoto que se dizia apaixonado por ela.

E esse garoto, que era um homem, mas que ela conhecera menino, era como um filho para o seu falecido marido, e ela o amara da mesma forma. Então chorou ainda mais, a ponto de ser ouvida da sala, onde Fred estava.

Ele chegou à porta do quarto e deu duas batidinhas. Como ela não abriu a porta, mas ele continuou ouvindo o choro, ele abriu e encontrou-a encostada na parede aos prantos.

Indo até ela, ele a abraçou, recostando a cabeça dela em seu peito.

— Não chore, meu amor! Me perdoe!

— Não me chame de amor! Eu não sou o seu amor — ela gritou, o empurrando.

— Tudo bem! Fique calma! Pegarei o seu remédio. Você está muito nervosa — constatou, saindo para buscar o remédio.

Sílvia ainda chorava quando ele retornou. Então, ele colocou o comprimido em sua boca e lhe alcançou um copo com água.

— Venha cá — falou a abraçando. — Vai ficar tudo bem. Não pense em nada agora. Você só precisa descansar.

— Por que você faz isso, Fred?

— Isso o quê?

— Cuida de mim. Eu o trato mal e você não vai embora.

— Porque você não me trata mal para que eu vá embora. Você me trata mal porque não está bem. Agora venha se deitar — ele levantou a colcha para ela.

Ela se deitou, ele a cobriu e virou-se em direção à porta.

— Ainda assim, eu te trato mal.

Ele voltou-se para ela, sentando na beirada da cama e segurando a sua mão.

— Eu nunca vou perder a esperança de te trazer de volta. Eu não posso trazer o meu amigo de volta, mas você... — ele chorou, e ela apertou a mão dele.

— Não chore! Sinto muito! Não quero que você sofra. O seu sorriso é tão lindo. Não o perca! Deite-se aqui comigo.

Ele deitou-se ao lado de Sílvia e ela enxugou as lágrimas dele com as mãos. Mas logo fechou os olhos e adormeceu. E ele falou-lhe, mesmo sabendo que ela dormia:

— Se me fosse permitido, tomaria para mim o teu pranto e te convenceria a vestir o meu sorriso.

Ele olhava para o rosto dela sentindo um amor que transbordava. Quis muito beijá-la, mas não o fez.

Levantou-se, arrumou a colcha sobre ela, desligou a luz e foi para o seu quarto.

18. O TEMPO

Já estava próximo de completar um ano da morte de Marco, e Frédéric se mantinha ao lado de Sílvia. Eles nunca mais tocaram no assunto dos sentimentos que ele tinha por ela.

Apesar de perceber melhora na saúde da amiga, tudo acontecia muito lentamente. Ele sentia que ela se esforçava, mas era como se Marco, ao partir, tivesse levado com ele todas as forças que Sílvia possuía. E por mais que Frédéric tentasse de todas as formas, não conseguia restabelecê-la. Apenas a amparava. Ele tinha que encontrar uma forma de fazer com que ela lutasse.

Fred sabia que, no dia em que completasse um ano da morte do amigo, Sílvia sofreria um novo baque. Sabia também que cada queda que ela sofria resultava em meses para se recuperar.

Então, decidiu conversar com ela, pensando ter encontrado uma forma de amenizar as quedas frequentes. E aproveitou a hora do jantar.

— Você nunca pensou na possibilidade de voltar para o Brasil?

Ela levantou os olhos do prato.

— Não!

— Por quê?

Ela pensou por um momento, sem encontrar uma explicação.

— Não sei.

— E se você fosse comigo? Se nos mudássemos para São Paulo?

— Você quer ir embora?

— Se você for comigo...

— Você sempre gostou da Argentina. Queria vir morar aqui, estudar...

— O que me fazia querer vir não existe mais, Sílvia.

Ela deixou o olhar vagar pela cozinha. Mas, cada vez que o seu olhar vagava pelo mundo físico, a sua alma viajava por um mundo de dor, onde ela seguia em uma busca desenfreada por outra alma... aquela que chamava de casa.

— Tanto faz, Fred! Ir ou vir... nada mudará.

— Então, vamos para São Paulo. Não precisa ser definitivo. Podemos passar um tempo e depois voltamos. Preciso resolver alguns problemas lá. Você me acompanha?

Sílvia concordou, sem modificar o semblante. Parecia que, de fato, não fazia diferença alguma. Ela era como um boneco, que ora está na caixa de brinquedos, ora na estante, e permanece sempre imutável.

Frédéric, que nunca perdera o contato com Lia, visitou-a antes de partirem para o Brasil. Queria contar-lhe o que planejava e prepará-la para a ausência dele e de Sílvia nas homenagens prestadas a Marco por conta do primeiro ano do seu falecimento.

— Quando parece que ela está se esquecendo dele, por alguns instantes, ela enxerga algo que a faz lembrar. E aquele apartamento está repleto de lembranças. Mar del Plata está repleto de lembranças. Ela nunca vai conseguir aqui — ele explicou.

— Eu compreendo. Você é um bom amigo. O melhor que alguém pode ter. Meu irmão morreu muito cedo, mas cercou-se de pessoas especiais enquanto esteve vivo. Cuide-se e cuide bem dela. Deixe que tomo conta do apartamento, aqui — ela concluiu, antes de se despedirem com um abraço carinhoso.

No último dia de abril de 2008, eles viajaram para São Paulo. E parecia que o tempo finalmente recomeçara a passar.

Fred a mantinha ocupada com saídas para compras de mantimentos, que eram o máximo a que ela se propunha. Mas já era um progresso, visto que na Argentina ela saía de casa somente para médicos e terapia.

Logo ele encontrou um novo psiquiatra para tratá-la. Esse seria também o seu novo terapeuta. Ela não poderia ficar sem os remédios e sem a sua terapia.

No dia 15 do mês de junho, quando completou um ano da morte de Marco, ela quase não percebeu. Frédéric a manteve ocupada o dia inteiro e parecia estar funcionando. Ela sequer sabia em qual dia estava.

No apartamento, para surpresa do amigo, ela organizava alguns documentos dele, furando folhas e arquivando em pastas. Ele se propôs a preparar café para ambos, enquanto ela continuava com a sua tarefa.

Quando Sílvia percebeu que o furador estava cheio de pequenos círculos de papel, decidiu limpá-lo. E, ao abrir a tampa inferior, que estava emperrada, os papeizinhos voaram pela sala, caindo, em seguida, como caem os flocos de neve.

Quando Fred entrou na sala, encontrou-a sentada ao chão, rodeada pelos papéis, como se estivesse sentada sobre a neve, com o rosto lavado de lágrimas.

Ele largou o café sobre a mesa e foi até ela, a confortando.

— Eu não consigo, Fred! Eu não consigo! E eu não aguento mais.

— Não! Você conseguirá! Estou com você e vou ajudá-la.

— Me ajude a morrer...

— Vou lhe dar o remédio — ele falou preocupado, levantando-se para buscá-lo.

Mas, embora o tempo parecesse mais lento, naquela nevasca, ele voltava a recuperar o seu andamento natural.

Na terapia, Sílvia, por vezes, sentia-se cansada de ter que falar sobre coisas que já havia contado ao outro terapeuta. Entretanto, em outros momentos, parecia que, ao contar pela segunda vez, ela enxergava as mesmas situações de maneira diferente.

Dois invernos chegaram e passaram sem haver maiores contratempos. Não havia a neve ali nem nada no apartamento de Fred que remetesse ao passado de nenhum dos três. Parecia mesmo que ele havia acertado quando retirou de Sílvia tudo o que a fazia se lembrar de Marco.

Quando o verão de 2010 chegou, ele a levou para passar uns dias em Ilhabela, no litoral norte de São Paulo.

Ali, eles desbravaram as belezas naturais do lugar. E a paisagem, que em nada lembrava Bari, a distraía e fazia com que finalmente começasse a criar memórias novas.

Alguns esboços de sorriso surgiam quase que espontaneamente nos lábios de Sílvia, mas não nos seus olhos. Estes permaneciam tristes, como se fossem imunes à felicidade.

Já quase no final da sua estadia em Ilhabela, ela se encontrava sentada sobre uma enorme pedra, olhando para a imensidão daquele mar, cuja cor, na claridade exuberante do dia, lembrava uma enorme esmeralda.

Fred sentou-se ao seu lado, puxando-a para si com um braço por sobre os seus ombros.

Ela se aconchegou no abraço sempre reconfortante dele.

— É lindo, né? — ele evidenciou, olhando para o mar a sua frente.

— Sim! Obrigada por isso... e por tudo mais.

— Não precisa me agradecer. O que faço por você faço por mim também. Só quero vê-la feliz — esclareceu, beijando os cabelos dela.

Sílvia suspirou.

— Fred! Eu não tenho como lhe dar nada em troca...

— Eu não estou lhe pedindo nada em troca de coisa alguma.

— Sei que não. Mas você é tão novo, para perder o seu tempo cuidando de mim. Deveria estar vivendo a sua vida.

— Eu já lhe disse que o que faço por você faço por mim também. Não estou perdendo tempo ao seu lado. Estou vivendo o meu tempo ao seu lado.

— Você completou 31 anos. Precisa namorar, casar, ter filhos... viver... Você é tão jovem, bonito, inteligente...

não é justo com você. Por mais grata que eu seja, e eu sou, nunca duvide disso, preciso vê-lo feliz também.

— E eu lhe pareço triste?

— Não! Não parece! Mas...

— Quer me ver feliz, Sílvia? Então veja! Estou aqui — ele falou, levantando-se com ela e postando-se a sua frente. — Olhe para mim! — ele completou, levantando-lhe o queixo até seus olhos se encontrarem.

Naquele exato instante, as teias do destino, traçadas pelo Universo, se encontravam na forma de um laço cujas pontas eram puxadas suavemente, a fim de manterem-se unidas, sem deixar que a beleza se perdesse.

E Sílvia sentia que sua alma era resgatada do centro do nada, no qual vivera por quase dois anos, para se encontrar na alma dele.

Fred aproximou o seu rosto do dela, muito lentamente, com medo de perder o laço que se formara naquele olhar. E, quando seus lábios se tocaram, ele sentia selando um compromisso que fizera com o Universo, quando era somente um garoto com 18 anos, e que agora tivera a chance de cumprir, prometendo que o cumpriria... até o fim!

Ele abraçou Sílvia com muita suavidade, como se tivesse medo de quebrá-la.

E foi somente quando Frédéric sentiu os dedos dela entrelaçando os seus cabelos que ele se entregou com paixão àquele momento. Por 13 anos, ele manteve a esperança de que esse dia chegaria.

Quando o beijo se desfez com naturalidade, ele estava ofegante, e os olhos dela não buscavam nada além dos olhos dele.

— Estou vendo você — ela sussurrou. — Me perdoe por...

Ele não deixou que ela continuasse.

— Shhhh. Agora não! — sussurrou, a pegando no colo e levando para o interior da casa.

Ela ainda acariciava os cabelos dele, enquanto ele dormia ao seu lado. Olhava o rosto daquele homem, que pouco lembrava o menino que conhecera, exceto pela beleza que nunca se fora, apenas amadurecera.

Sílvia sentia-se como se estivesse despertando de um pesadelo. Com o coração ainda apertado e aos pulos, mas agradecida por estar acordada. E parecia que Fred dormia o sono dos justos, após anos de batalha, sem que houvesse tido direito ao descanso.

Ela levantou-se e se encarou defronte ao espelho, passando os dedos pelo rosto, marcado pela dor e pelo tempo... implacável tempo. Traiçoeiro tempo que, fingindo-se estagnado em sua dor, corria à revelia em sua face.

Então, ela retornou o olhar para o rosto dele e não pôde deixar de pensar:

— Garoto!

19. UMA NOVA CHANCE

De volta ao lar, eles pareciam mesmo felizes. Não existia aquele sorriso exuberante na face de Sílvia, como outrora existira, mas já era muito mais do que um simples esboço. E o sorriso de Frédéric, o qual nunca se perdera, parecia extrapolar as dimensões do seu rosto.

Agora, eles saíam com frequência. E não era somente para comprar mantimentos para casa ou para ir a médicos e terapia, mas para o teatro, cinema, galerias de arte, passeios no parque, jantares românticos... enfim, para viver!

Quanto mais o tempo passava, mais felizes eles se tornavam. E Sílvia voltava à plenitude, o que fazia com que Frédéric transbordasse. Parecia que ambos se tornavam cada vez mais felizes, proporcionalmente à felicidade que percebiam no seu parceiro. Era como uma bola de neve... mas talvez não fosse bom falar na neve nesse momento, porque, mesmo que adormecida, ela permanecia.

Frédéric se fazia presente ao trabalho, visto não haver mais a preocupação em deixar Sílvia sozinha. E, assim, ela se ocupava com os afazeres domésticos, que, por tanto tempo, haviam sido encargo dele.

Sempre que ele chegava em casa, à tardinha, trazia algum agrado para ela. Flores, bombons... ou mesmo uma aliança.

Foi em julho de 2010 — seis meses depois daquele primeiro beijo em Ilhabela — que ele chegou em casa com um par de alianças e um buquê de flores. Porém a reação dela não foi a esperada, ou desejada por ele, visto que ela deixou claro que não se casaria novamente. Nem com ele, nem com mais ninguém.

— E por que você está comigo, Sílvia?

— Porque eu te amo!

— Qual a razão de não querer casar comigo, se você me ama?

— Porque eu não quero me casar, Fred! Apenas isso.

Ele estava magoado, e Sílvia não sabia o que fazer para que ele voltasse a sorrir. Vê-lo triste a deixava triste também. Mas não poderia casar-se com ele apenas para deixá-lo feliz.

No dia seguinte, durante a terapia, Sílvia contou sobre as alianças.

— Qual o motivo de você não querer se casar com ele?

— Porque eu realmente quero que ele seja feliz. De verdade!

— E você acredita que, se casando com ele, ele não será feliz?

— Por um tempo, sim!

O terapeuta somente olhava para ela agora.

— O Fred tem 31 anos — ela continuou — e eu, 43. Eu quase poderia ser mãe dele.

— Você já conversou sobre isso com ele?

— Eu tentei, mas ele não entende. Ele diz que isso é preconceito. Só que eu não sou preconceituosa.

— Então, qual o motivo? Porque, apesar de ter idade para quase ser mãe dele, você sabe que não é.

— Eu... não sei! Talvez... de certa forma, tenha a ver com o meu casamento anterior.

Ela se entristeceu. Fechando os olhos por segundos, puxou o ar e continuou:

— Vou perdê-lo também.

— Por que você acha que irá perdê-lo? Como você deixou claro, a sua idade é maior do que a dele. Portanto, provavelmente você parta antes dele.

— Eu não me refiro à morte, mas ao tempo. E as marcas que ele deixa. Estou envelhecendo. O Fred tem a idade que eu tinha, quando o conheci. Quando ele estiver com 40 anos, eu terei quase 60. Ele estará no auge da sua vida, e eu... vou precisar deixá-lo para que ele seja feliz com alguém que possa lhe dar uma vida de verdade... uma família. E eu tenho muito medo da dor que sentirei nesse dia.

— São suposições...

— Eu ia largar a terapia já há algum tempo. Não larguei nem largarei. E o motivo é que preciso me preparar para quando esse dia chegar. Eu me tornei emocionalmente dependente do Marco e, quando ele morreu, eu morri com ele. O Fred me resgatou. E eu devo a ele a minha vida, mas não posso repetir o mesmo erro.

— Você fala como se tivesse a certeza de que isso irá acontecer.

— Vai acontecer. Até agora, mais do que amor, o Fred estava obcecado por mim. E agora ele me tem. Está relaxado. E é quando estamos distraídos que o acaso nos encontra. Foi assim que ele nos encontrou, os três, em umas férias em Bari. Acredite! Acontecerá.

— E se, por acaso, o amor dele mostrar-se maior do que a obsessão?

Sílvia suspirou.

Naquela noite ela o esperou com o seu prato favorito para o jantar.

Ele chegou em casa com o sorriso muito menor do que costumava exibir. Mas não deixou de observar que ela estava usando o vestido que ele mais elogiava e estava com os cabelos soltos, que ele amava. E, obviamente, que havia preparado o seu prato preferido.

Então, ele entrou no banho e, quando saiu, secou-se e prendeu a toalha na cintura. Não sabia qual roupa vestir para uma ocasião que não imaginava qual seria.

Chegou por trás dela, na cozinha, a abraçando e beijando o seu pescoço. Depois, sussurrou em seu ouvido:

— Você pode me contar o que está aprontando? Porque eu não sei o que vestir.

Ela virou-se para ele, olhando-o de cima a baixo.

— Não vista nada — falou, antes de soltar a toalha do corpo dele e o beijar.

A ordem dos acontecimentos havia sido invertida, mas a programação permanecera. Após namorarem, eles jantaram. Durante o jantar, Fred a questionou:

— Você mudou de ideia?

— Me responda uma pergunta antes. Por favor!

Ele assentiu com a cabeça.

— Por que o casamento é importante para você?

— Porque quero que as pessoas saibam que você é a mulher da minha vida. A minha mulher! — ele encheu a boca para falar as últimas palavras.

— Ok! E nós andaremos com a certidão de casamento colada na testa?

— Para isso servem as alianças.

— Certo! Então, podemos encontrar um meio-termo. Em vez de nos casar, podemos somente usar as alianças. Ninguém precisa saber se casamos ou não. Até porque, a menos que enviemos convites para todas as pessoas do mundo, 99,99 por cento da população não saberá que nos casamos. Pode ser?

— Venha cá! — ele ofereceu a mão para ela, que se levantou da sua cadeira e sentou-se na perna dele. — Vou poder chamá-la de esposa, sem que você me fuzile com o olhar?

Ela riu.

— Vai! E eu vou chamá-lo de marido.

— E vai me obedecer como uma boa esposa? — divertiu-se.

— Sem chance! — ela entortou a boca, arqueando as sobrancelhas.

Na manhã do dia seguinte, eles já exibiam as alianças por onde passavam.

O tempo seguia. E Sílvia enfim estava vivendo. O que parecia impossível acontecera.

No verão de 2011, eles comemoraram um ano juntos. Contavam o "juntos" desde o primeiro beijo em Ilhabela. Ele queria voltar ao lugar para comemorarem, mas Sílvia, que havia começado a trabalhar somente um mês antes, não poderia ir.

Frédéric queixava-se com ela, afirmando que ela não precisava trabalhar. E ela argumentava que qualquer ser humano vivo e saudável precisava trabalhar.

— Você queria que eu vivesse para quê? Para depender de você o resto da minha vida?

— Claro que não! Amo que você esteja vivendo. Mas eu gostaria de viajar com você.

— Você está parecendo um garoto rico e mimado que foi proibido de descer para o play — ela debochou.

Ele revirou os olhos, suspirando enquanto se virava rapidamente, tirando-a do chão e a jogando no ombro.

— Vou lhe mostrar onde fica o meu play.

Mas eles puderam comemorar em Ilhabela o segundo, o terceiro e o quarto ano juntos. Este, no verão de 2014.

E foi justamente nesse verão, quando Fred contava com 35 anos e Sílvia com 47, que ela começou a estranhar algumas atitudes dele. Assim, passou a observá-lo.

Às vezes ele parecia distante. Mas, de repente, agia como de costume. Quando ela o questionava se estava acontecendo algo, ele negava.

Ao retornarem das férias, no primeiro final de semana, ele lhe disse que precisavam conversar, e, pela expressão do rosto dele, ela sabia que o assunto era sério e provavelmente não gostaria do que iria ouvir.

A ansiedade a tomava, iniciando no estômago e tomando o coração e a mente, que galopava apressada.

Ele buscou a sua mão e sentou-se no sofá, com ela ao seu lado, virados um de frente para o outro.

— Fred! Seja o que for, por favor! Fale logo! Esse suspense não me ajuda.

— Tudo bem! Falarei! A Lia me ligou.

— A Lia? — surpreendeu-se Sílvia. Nunca mais falara com ela nem sabia que eles se falavam. Só de ouvir o seu nome, uma dor tomou-lhe o peito. — Como ela está?

— Ela está bem, Sílvia! Mas... teremos que falar sobre algo que... bem... nós dois sabemos que evitamos falar por anos.

Sílvia baixou os olhos. Ela sabia. Eles teriam que falar sobre Marco. A ansiedade e a dor aumentavam. Ela fechou os olhos.

— Não dá para evitar?

Ele olhava para ela. Sabia que não seria fácil, mas acreditava que, depois dos quatro anos nos quais foram felizes juntos e sete anos da morte de Marco, ela o amasse o suficiente para superar. Mas parecia ter se enganado, e isso o atingiu profundamente.

— Não! Realmente não dá. Aquele apartamento em Mar del Plata... existem inúmeras ofertas de possíveis compradores. E a Lia me perguntou o que você planeja fazer com ele.

— Ela sabe de nós dois?

— Sabe.

— Há quanto tempo?

— O que importa isso?

— Pode me responder?

— Posso! Desde sempre! Qual o problema? Não pensei que estivéssemos nos escondendo.

— Não estamos, Fred! Eu só não sabia que vocês se falavam. Não posso vender o apartamento com as nossas coisas lá dentro. E não posso voltar... — ela se imaginou entrando no apartamento e desabou.

Fred fechou os olhos. Mas não conseguiu consolá-la, porque, pela primeira vez, desde que a conhecera há dezessete anos, ele se sentia traído.

Então, ele levantou-se, pegando as chaves do carro e a carteira, e saiu sem falar nada.

Sílvia levantou-se, buscou um comprimido, que há muito não precisava tomar fora do horário habitual, e tomou. Depois, foi para baixo do chuveiro gelado, com o intuito de que o choque da água com o seu corpo quente a curasse.

Quando começou a se sentir um pouco melhor, conseguiu pensar em Fred e imaginou como ele deveria estar se sentindo.

Tentou ligar por diversas vezes, mas ele não atendia. Deixou várias mensagens, as quais ele nem visualizava.

O dia foi passando, e ele não chegou para o almoço nem para o jantar. E Sílvia começou a se preocupar. Ela andava de um lado para o outro no apartamento sem saber o que fazer.

Já passava das duas horas da madrugada do domingo, quando ele passou pela porta do apartamento, completamente bêbado.

— Fred! Onde você estava? Estou morrendo de preocupação.

— Tá mesmo? — ele ironizou com a voz arrastada.

— Estou, sim! Me perdoe! Eu não consegui... você sabe.

— É! Eu sei! Me deixa dormir, tá? — ele virou-se em direção ao quarto. Mas, ao entrar, foi direto para o banheiro vomitar.

Sílvia sentou-se no sofá da sala voltando a chorar, sem sequer saber mais o porquê. Seria porque tinha medo de perdê-lo? Ou porque se lembrara da sua primeira noite com Marco, quando Fred chegou bêbado? Ou por tê-lo magoado? Ela apenas não sabia.

Voltou a pensar na sua nova vida, procurando esquecer o passado. Quando se recuperou, foi ao quarto para ver como ele estava.

Encontrou-o sentado em uma poltrona.

— Venha cá — ela falou, pegando-o pela mão e o colocando embaixo do chuveiro.

Quando começou a lavar o corpo dele, ele a puxou para si.

— Para, Fred! Você está bêbado — ela reclamava, se desvencilhando dos seus braços.

— Culpa sua!

— Já me desculpei. Agora, me larga! — ela saiu do box, tirando a roupa molhada e se enrolando em uma toalha, enquanto xingava: — Droga! Olha o que você fez. Vê se toma banho e não fique só parado aí embaixo. E escove os dentes.

— Ah! Vai querer serviço completo? — insinuou.

Sílvia sacudia a cabeça, quase rindo.

— Se você conseguir levantar-se do chão — debochou —, eu já estarei satisfeita. Agora se apresse.

Com todo esse transtorno, o seu passado adormecera. Parecia que Frédéric a salvava até quando não tinha essa intenção.

20. DESTINO

Na primeira sessão da terapia de Sílvia depois do incidente com Fred, ela relatou o ocorrido.

— Acreditei que, se deixasse o meu passado bem escondido dentro de mim, eu não sofreria mais. Pensei que seria suficiente não voltar à Argentina nem falar sobre.

— E o que mudou?

— A Argentina veio até mim. E eu desmoronei, magoando o Fred! Muito!

— E você se sente pronta, agora, para falar sobre o passado?

— Sinto que preciso, mas também que não conseguirei me manter inteira quando eu falar.

— Certo! Mas você percebe que não é somente o Marco que pertence ao seu passado? — o terapeuta ajeitou-se na cadeira. — Existe um passado, antes dele, do qual você nunca falou. E hoje, você já criou um passado com o Frédéric também. Há um passado somente de vocês dois. Não aquele no qual ele fez parte da sua vida com o Marco.

Sílvia manteve-se pensativa. Percebeu que nunca pensava no passado antes de Marco. Era como se a sua vida tivesse começado e terminado com ele. E com Fred, ele era o seu renascer. Sua vida pós-Marco. Ele era presente, sempre.

— Depois que conheci o Marco, tentei voltar para a vida que eu tinha no Brasil e quase o perdi tentando.

— Por quê?

— Porque tínhamos alguns problemas, traumas, que carregávamos. Ele, devido às perdas que tivera: primeiro da primeira esposa dele e depois do pai. E eu, porque só havia me envolvido com homens cafajestes. Então, quando eu o encontrei... ele era tão perfeito...

— E o que, exatamente, é uma pessoa perfeita?

— Uma pessoa sem defeitos.

— Ele não tinha defeito algum?

— Nenhum que me incomodasse. A menos que você considere que beber café expresso sem açúcar seja um defeito — ela sorriu. — Ele representava tudo! Era o meu passado, presente e futuro. Ele era a minha felicidade... o meu motivo de sorrir e de viver.

— E quando ele se foi...

— Eu também fui. Mas não fui com ele... e eu só queria ter ido com ele.

Não foi mais possível conter as lágrimas. Mas já não havia desespero em seu peito. Somente uma saudade que insistia em permanecer.

Ela tomou um pouco de água, buscando se recompor.

— Sílvia! De todas as suas lembranças desse período da sua vida, qual a mais difícil de recordar? — ele a questionou.

No mesmo instante, ela se viu parada à porta do quarto olhando para o rosto de Marco, enquanto ele dormia sereno. Foi a última vez que o viu com vida. E ela estava novamente aos prantos quando concluiu:

— Se eu não tivesse saído naquele dia, poderia ter salvado a vida dele. Ele poderia estar ao meu lado. Ele salvou tantas vidas... e não havia ninguém ao seu lado para salvar a vida dele. Morreu sozinho. Eu não estava com ele. E prometi que estaria até o fim!

O terapeuta aguardou que ela se recuperasse, porque, nesse momento, ela havia chegado ao fundo do poço!

— Sílvia! Você ficou até o fim! E permanece...

Não havia mais como continuar naquele dia. Então, ele falou de assuntos que a distraíssem e a trouxessem de volta ao presente, para que saísse dali se sentindo melhor.

Embora mais tranquila, aquela recordação, em específico, volta e meia retornava a sua mente, por mais que ela buscasse afastá-la. E isso durou alguns dias.

Fora isso, o seu relacionamento com Frédéric estava machucado. Parecia que o seu último desentendimento deixara uma marca profunda e, por vezes, ela sentia que ele se afastava.

De fato, ele não conseguia deixar de sentir-se traído.

O tempo parecia não se manter linearmente na vida deles. Em vez disso, corria em círculos, misturando o passado com o presente frequentemente.

Pouco antes de chegar o verão seguinte, quando completaria um ano após os acontecimentos que estremeceram o relacionamento deles, Frédéric a convidou para viajarem para a França. Gostaria de visitar a sua família e aproveitariam para rever a neve, que eles tanto apreciavam.

Sílvia não conseguiu dar-lhe uma resposta imediata, e ele não gostou da reação dela.

Mas ela o procurou mais tarde, ainda no mesmo dia, dizendo que seria ótimo viajar com ele.

Frédéric parecia ver uma chance de consertar o que parecia quebrado. Ela aceitara rever a neve, mesmo que não fosse a neve de Bari.

Talvez estivesse finalmente se esquecendo do seu passado, do qual ele fazia parte, embora como coadjuvante. E ele não se importava de ter sido coadjuvante no passado, mas queria ser o protagonista no presente dela. Porém, quando acreditava que estivesse conseguindo, ela dava indícios de que ele sempre teria um papel secundário nesse enredo.

Ele providenciou a viagem e eles partiram. Sílvia sentiu-se vestindo a armadura que costumava usar antes de conhecer Marco.

Mas dessa vez a armadura não serviria para evitar que alguém a atingisse. Serviria para que os seus sentimentos se mantivessem aprisionados. Ela apenas não considerou que Frédéric precisava dos sentimentos dela.

Apesar de terem passado bons momentos juntos, Frédéric sentiu-se em muitos momentos sozinho. Ela estava ao seu lado, embora não parecesse que estivesse.

Sílvia mantinha-se na superficialidade. Ela o preenchia de silêncio para não o inundar de dor, sem perceber que, para ele, aquele silêncio tinha nome. Até o seu sorriso, antes tão espontâneo, quase como o de Fred, que ela elogiava tanto, era apenas um arremedo.

Mas Frédéric, enciumado que se sentia, a testava a todo momento:

— Amanhã vamos cedo para La Bresse Hohneck, esquiar. Fica há quase três horas daqui — ele a comunicou, enquanto se preparavam para dormir.

— Você está me fazendo uma pergunta ou me comunicando?

Ele a abraçou e, antes de beijá-la, respondeu ser um comunicado.

— Você sabe que eu não esquio há anos, Fred...

— Eu também não, Sílvia! Estou ao seu lado durante todos esses mesmos anos. E tudo o que você não fez, eu não fiz também.

— Eu já não esquiava...

— Nós vamos, ok? — ele a interrompeu.

E ela apenas assentiu com a cabeça, antes de deitar-se, lembrando-se de quando Marco pediu a ela que não esquiasse com Fred, porque eles abusavam da velocidade e ele tinha medo de perdê-la. Mas agora ele não poderia perdê-la. Então, ela não tinha com o que se preocupar.

Logo que chegaram, a quantidade de neve parecia provocar as lembranças de Sílvia, mas a paisagem não lembrava Bari. E, assim, ela conseguiu manter-se. E pode-se dizer que eles se divertiram esquiando. Em alguns momentos, até riram juntos.

Quando as férias terminaram, Sílvia fez um balanço dos acontecimentos e sentiu-se vitoriosa. Encarara a neve sem se deixar cair, sob todos os aspectos.

Fred, embora tivesse aproveitado, ainda trazia consigo o ciúme oriundo do sentimento de traição.

Quando Sílvia compareceu à primeira sessão de terapia após as férias, mostrou-se feliz pelo que considerou uma grande vitória.

Sob a neve de Bari

— E a relação de vocês, como está? — o terapeuta a inquiriu.

— Está bem! — respondeu sem muita firmeza. — Tenho a impressão de que é uma relação igual à de qualquer outra pessoa.

— E o que isso quer dizer?

— Que estamos juntos há cinco anos. E, depois desse tempo, já não há aquele brilho no olhar. Não há paixão. Mas eu o amo, com certeza. Daria a minha vida por aquele garoto.

— E ele? Você acredita que se sinta assim também?

— Parece que sim. Ele já não faz mais questão de estar sempre por perto. Hoje ele sai com os amigos, coisa que, em outros tempos, seria impensável. Mas talvez ele não fizesse isso por medo de me deixar só.

— E você nunca perguntou a ele?

— Não! A gente vai levando. Um casamento normal.

O terapeuta sorriu.

— E como seria o casamento anormal, Sílvia?

— O que eu tinha com o Marco. Nós nunca perdemos o brilho no olhar. Ele diminuía quando discutíamos por qualquer razão, mas logo nós o recobrávamos.

— E vocês discutiam muito?

— Raramente. Na realidade, não havia discussão. Apenas discordávamos às vezes.

— E como acontecia isso? Quer dizer, vocês discordavam e...?

— Agora nas férias, por exemplo, lembrei-me de quando Marco me pediu para que eu não esquiasse com o Fred, porque abusávamos da velocidade. Lembro que ele chegou no hotel, após sairmos os três para esquiar, com a cara emburrada. Então, falei para ele que eu me saía bem esquiando. Ele argumentou que mesmo esquiadores profissionais sofriam quedas e morriam. E que ele não suportaria me perder.

— Você me contou que a primeira esposa dele havia morrido. Foi esquiando?

— Não! Ela tinha um tumor muito agressivo no cérebro.

— Certo! E então? Como resolveram o impasse?

— Prometi a ele que não esquiaria mais.

— Mas você gostava de esquiar.

— Eu adorava! Porém, saber que ele ficaria em paz, caso eu não esquiasse, me fazia feliz também. Compreendi que, por melhor que eu fosse, acidentes acontecem. E, se acontecesse comigo, ele não suportaria.

— E, todas as vezes que vocês discordavam, era você quem cedia? Ou não?

— Pode parecer estranho, mas eu não consigo lembrar. Eu... parece que começo a esquecer e... eu não queria esquecer — ela entristeceu-se, com os olhos marejados.

Nesse mesmo dia, após sair da terapia, à tardinha, Sílvia havia marcado de arrumar o cabelo e fazer as unhas em um salão, que se localizava em um shopping próximo de onde ela estava. Era sexta-feira, e, na segunda-feira próxima, ela recomeçaria a trabalhar.

Fred havia aproveitado que ela teria dois compromissos e resolveu que sairia com os amigos, que não vira durante o mês que passaram viajando.

Sílvia fazia as unhas no salão, enquanto olhava o movimento do shopping através das vidraças, que mostravam parte da praça de alimentação. E começou a sentir fome.

Ela pensava se comeria algo no shopping ou compraria mantimentos e cozinharia em casa. Não se lembrava de ter combinado com Fred se jantariam juntos. Então, decidiu ligar para ele e, depois, resolveria.

Ela pegou o telefone que deixara propositadamente sobre a bolsa, para não estragar as unhas caso fosse preciso atender uma ligação, e ligou para ele.

Enquanto levava o aparelho ao ouvido, aguardando que a ligação se completasse e ele atendesse, ela o viu através das vidraças chegando à praça de alimentação, acompanhado de uma mulher que deveria regular de idade com ele, talvez um pouco mais velha.

Ela perdeu o ar enquanto o viu pegar o telefone, olhar para a tela e se afastar da mulher para atender ao telefonema.

— Oi!

— Oi — foi o que conseguiu falar. E travou.

— Sílvia? Alô! Sílvia!

Ela desligou, buscando respirar. E Fred retornou a ligação para ela, que deixou tocar quatro vezes antes de atender.

— Alô!

— Oi! Você me ligou e eu não a ouvi mais.

— Pois é! Eu também não o ouvi.

— Está tudo bem? Você já está em casa?

— Ainda não! Eu queria saber se você planeja jantar em casa.

— Não! Jantarei com os meus amigos esta noite. Você disse que chegaria mais tarde. Achei que jantaria fora também.

— Tudo bem! Foi por isso que liguei. Se você jantará fora, eu farei o mesmo.

— Tá! Nos vemos em casa, então. Um beijo! Te amo!

— Tá! — ela desligou.

Ela percebeu quando ele franziu a testa olhando para a tela do celular. E ficou a observá-lo.

Ele voltou para a mesa, onde o pedido já havia chegado. Eles comiam, conversavam e riam. Mas ele não a tocava. Estavam um de cada lado de uma pequena mesa para dois.

Sílvia tentava não surtar. Dizia a si mesma: "Respira, respira e pensa: é só uma amiga. Estão conversando e jantando". Olhava e pensava mais: "Por que mentiu estar com os amigos?" E continuou a observar.

Percebia como ele olhava para ela. E, quando eles se levantaram da mesa, o viu colocando a mão na cintura dela, enquanto a conduzia.

Sílvia ainda se apressou a sair do salão, deixando as unhas pela metade. Mas, como ainda tinha que pagar, demorou mais do que ela gostaria. Quando enfim se liberou, já não os encontrou mais.

Então, ela olhou a hora: 20h35. Ele chegou em casa à 0h50. E ela fingiu dormir.

21. SEREI POR NÓS

A partir do dia no qual vira Fred com a mulher no shopping, Sílvia começou a se preparar para deixá-lo.

No fundo, ela sempre soube que esse dia chegaria. Então, fez com que tudo acontecesse da forma menos traumática possível para ela mesma. Porque, para Fred, parecia que seria muito fácil.

Assim, ela procurava lembrar-se de tudo o que ele fizera por ela. Ele a resgatara. Estivera por anos ao seu lado, mesmo quando ela o destratava de todas as formas possíveis.

Cada vez que se zangava com ele em seus pensamentos, acreditando que teria sido melhor que ele a tivesse deixado só, já que faria isso no final, ela buscava, em suas lembranças, o garoto de 18 anos que conhecera em Bari, no mesmo dia em que conheceu Marco. E a zanga passava.

Ele era somente um garoto. Precisava viver. Ela o amava e queria muito que ele fosse feliz. Esse sempre havia sido o seu desejo.

Eles continuavam a se tratar bem, como sempre. Queriam-se bem e preocupavam-se um com o outro. Isso ficava claro através das atitudes de ambos. Mas parecia que a paixão sumira. Não havia mais namoro. Sílvia começou a sentir-se como se fosse mãe dele, e isso estava acabando com a sua autoestima.

Chegou a passar pela sua cabeça tentar recuperar o seu casamento, mas não achava justo com ele, que lhe fizera tanto bem no pior momento da sua vida.

Lembrou-se de que, se não fosse por Frédéric, ela ainda estaria no apartamento de Mar del Plata, com todas as recordações e a dor insuportável que sentia. Ele a tirou de lá para que ela pudesse se desvencilhar da sua dor.

E agora sabia que precisava sair da vida dele e, dessa vez, não levaria consigo qualquer objeto de recordação.

Ela recomeçaria a sua vida longe, da forma que fosse possível. Ainda pensaria como e onde. Haveria de se reerguer... mais uma vez.

Seis meses se passaram sem que nada mudasse. Então, o inusitado aconteceu.

Foi em uma noite do final de junho de 2015, quando, durante o jantar, ele a convidou para passar o mês de julho em Bari.

Ela olhava para os olhos dele, que olhavam para qualquer lugar, exceto em seus olhos.

— Você sabe que eu não posso tirar férias duas vezes no mesmo ano. Há seis meses, eu estava com você na França.

— Demita-se! Você não precisa trabalhar.

— Você sabe que eu não farei isso.

Ela falava com absoluta serenidade. E sabia exatamente qual seria a próxima frase que ele diria, antes que ele falasse.

— Então, eu vou sozinho.

— Ok, Fred! Acho mesmo que vai lhe fazer bem essa viagem... sozinho.

Eles terminaram de jantar sem tocar mais no assunto. No dia 4 de julho, ele partiu para Bari sem ela. Despediu-se com um beijo e um abraço apertado, o qual Sílvia retribuiu com sinceridade e todo o amor e carinho que tinha por ele, antes de ela sair para trabalhar naquele dia.

E ela aproveitaria o mês que ele passaria fora para preparar a sua partida.

Conversou com o terapeuta sobre a sua decisão, comunicando-lhe que permaneceria com as sessões até o final do mês.

— Você não acha que deveria conversar com ele francamente?

— Para quê? Para ele mentir e dizer que não está acontecendo nada? Que sou louca?

— Pelo que você me relatou a respeito dele, não parece que seria algo que ele dissesse.

— Talvez não, mas ele poderia ficar comigo porque sentiria pena de me deixar, e eu não quero.

— Você acaba de ter duas premonições? Ou eu me enganei?

Ela parou, olhando para o terapeuta. Sabia que estava novamente deixando que sua ansiedade tomasse conta da sua vida.

— Eu me preparei para esse acontecimento desde o primeiro dia. Sempre soube que, um dia, ele encontraria alguém e partiria. Mas, acredite, eu estou bem. Estou sofrendo, mas não estou em desespero. Não penso em morrer porque estou me separando dele.

— Percebo que você não está em desespero, e isso é ótimo! Mas, ainda assim, me parece que está antecipando os possíveis acontecimentos. Aquilo que você está imaginando que está acontecendo. E eu não quero dizer que não esteja acontecendo, mas que você deveria conversar com ele...

— Não! Posso sair sem fazer um estrago na vida dele. Ele ficará bem e eu também.

No dia seguinte, Sílvia comunicou que sairia da empresa. Que eles procurassem outra pessoa para o seu lugar em, no máximo, quinze dias.

Quando chegou em casa, à noite, caminhou pelo apartamento pensando o que levaria com ela. Foi quando percebeu que, sobre a escrivaninha na sala, havia um envelope fechado, mas não lacrado, com o seu nome.

No envelope, havia uma carta a qual ela não leu. Pensava que uma coisa era ela saber, e outra era ouvir. Não dificultaria para si. E, assim, deixou o envelope no lugar onde o encontrara.

Por fim, decidiu que a única coisa que levaria da casa seriam duas malas com roupas de inverno.

Quando se passaram dez dias da partida de Fred, o telefone tocou. Ela avistou o nome dele na tela, pensou e não atendeu. Achou que seria mais fácil assim e desligou. Mais tarde, até se perguntou qual a razão de ele ligar, se já havia deixado a carta, mas... já não importava.

Frédéric dissera que no dia 29 do mesmo mês estaria de volta, e, contando com isso, ela comprou as suas passagens para o dia 28.

Há sete dias de partir, ela se desligou da empresa. Passou no banco, tirando uma boa quantia em espécie, e foi para casa.

Quando compareceu a sua última sessão de terapia, estava tranquila. Parecia mesmo que sabia o que estava fazendo, mas o seu terapeuta não estava muito convencido disso.

— Me diga que você procurará um médico para continuar o seu tratamento.

— Não se preocupe. Sei que não posso ficar sem os remédios. Procurarei, sim!

Na noite anterior à viagem, Fred ligou novamente. Mais uma vez, ela não atendeu, desligando o telefone.

Foi quando decidiu que deixaria uma carta para ele.

Dirigiu-se à escrivaninha, colocando o envelope que ele deixou para ela de lado, e começou a escrever:

"Querido Fred!

Peço que me perdoe por não ter esperado você para me despedir.

Não entenda isso como rejeição ou falta de gratidão, porque não há ninguém neste mundo a quem eu seja mais grata.

E é justamente por isso, e porque eu o amo muito, que preciso partir.

Você perdeu o que deveria ser os melhores anos da sua vida procurando me resgatar... e conseguiu.

Agora, é chegado o momento de eu lhe retribuir, deixando que você seja livre e encontre a sua felicidade, porque ninguém merece mais do que você.

Meu menino! Você perdeu a sua juventude, e hoje tem um ano a mais do que eu tinha quando conheci você e o nosso Marco, naquele dia que marcou o início da minha vida. Fui muito feliz, e você será ainda mais.

Faço por nós três. Mas, principalmente, por você."

Sílvia o imaginou lendo a carta e acreditou que ele poderia se sentir culpado, então a amassou e jogou-a no lixo. Retirou outra folha de papel da gaveta e recomeçou. Agora, somente um bilhete.

Querido Fred!
Precisei viajar. Não se preocupe comigo. Posso lhe garantir que estou bem! Não espere por mim. VIVA!
Um beijo,
Sílvia.

Quando acordou no dia seguinte, tomou um banho, vestiu-se, pegou as malas e deixou para tomar o seu café no aeroporto, enquanto esperava o voo.

Ela tinha um copo de café em uma das mãos. Na outra, as passagens com o seu destino. Voaria de São Paulo para Buenos Aires e, no dia seguinte, de Buenos Aires para San Carlos de Bariloche — sua amada Bari.

Sílvia começava a enxergar que, quando o Universo teceu os laços fortes do amor que a unia a Marco e Frédéric naquelas férias em Bari, um único fio, não menos importante, esticou-se e se partiu. O fio do amor por si própria.

E por ser em Bari que ela se perdeu, em Bari haveria de se reencontrar.

Enquanto o avião decolava, ela se despedia, definitivamente, do Brasil. Essa não seria uma viagem de férias. Mas a sua viagem do reencontro. Não haveria retorno.

Quando pisou em solo argentino, não pôde deixar de pensar em Marco e sentir aquela fisgada que nunca a deixara.

Mas sabia que ele não estaria ali, tampouco em Mar del Plata. Se tudo tivesse saído como deveria, o Universo o teria devolvido para o seu primeiro amor. E Sílvia pedia muito para que ele não estivesse sozinho.

Por mais que tentasse evitar recordações, naquele momento olhar os caminhos que percorreram juntos tornava a jornada muito mais difícil.

Porém, ela seria forte por todos eles. Levaria até o fim aquilo que se propusera.

E, assim, se dirigiu ao hotel onde passaria a noite antes de voar para Bari, na tarde do dia seguinte.

22. POR TEU AMOR, EM BARI

Era o dia 29 de julho de 2015. Há dezoito anos que Sílvia não pisava no aeroporto de Bari. Depois da primeira vez que visitara o lugar, sempre que voltou estava acompanhada de Marco. E eles viajavam de carro, de Mar del Plata para Bari.

Assim, o aeroporto não lhe trouxera muitas lembranças, exceto que fora ali onde ela reforçara a promessa a Marco: "Até o fim! Sempre!"

Ela havia optado por um táxi como da primeira vez para chegar ao hotel, que ficava a cerca de 15 quilômetros do aeroporto.

O hotel não era o mesmo onde ela costumava se hospedar com Marco. Achou que seria muita tortura. E a intenção não era a de se torturar, mas reencontrar-se, ou perder-se de vez.

Assim que chegou a sua suíte, começou a desfazer as malas. Ela tomaria um banho e desceria para o jantar.

Não havia vista para o lago através da vidraça. O hotel que escolhera era bem mais modesto do que aquele onde ela costumava ficar. Mas a sua paixão pelo lugar era tão grande que o seu olhar conseguia embelezar qualquer paisagem.

Durante o jantar, Sílvia planejava o dia seguinte, quando sairia em busca de uma casa para alugar. Ela sabia que, durante a temporada, seria quase impossível conseguir uma, mas não tinha pressa. Teria como se manter no hotel pelos próximos meses, sem maiores dificuldades.

Aproveitaria, em seguida, para procurar algum emprego. Manter a cabeça ocupada com o trabalho era imperativo para obter êxito durante a sua busca.

Reviver o seu passado em Bari, desde o princípio, era essencial. Porém, caso o desespero tomasse conta dela, seria pela última vez. Não teria forças para voltar.

Como trouxera consigo medicação suficiente, deixaria para procurar um médico na semana seguinte.

Ela perambulou por três dias nas ruas geladas de Bari, mas não encontrava nada do que procurava: nem a casa, nem trabalho, tampouco ela mesma.

Tudo o que encontrava eram lembranças perdidas por todos os cantos: nos restaurantes, na cafeteria, nas lojas... que se acumulavam preenchendo os seus pensamentos e a sua alma cansada.

Mas ela continuava a lutar com todas as suas forças.

Perguntava-se o porquê de sofrer tanto por ter lembranças maravilhosas. Também, o porquê da total falta de importância que dava ao seu passado, anterior à vida com Marco. Esse sim! Deveria causar-lhe sofrimento.

O seu quarto dia em Bari testaria as suas forças ao limite.

Quando saiu do hotel, ainda pela manhã, alguns jovens brincando com bolas de neve a fizeram lembrar-se das guerras de neve com Frédéric.

Ao sentar-se em um restaurante do centro, o garçom que a atendeu perguntou-lhe se ela não se lembrava dele. Sílvia puxava pela memória aquele rosto que não lhe era estranho.

— José! Eu trabalhava no hotel...

— Claro! Faz tanto tempo. Desculpa não lembrar de imediato. Como você está?

— Muito bem! Obrigado! E o doutor? Ocupado com alguma emergência?

Sílvia respirou profundamente, antes de responder, com o semblante tranquilo:

— O Marco faleceu, José!

— Sinto muito!

— Está tudo bem! — ela amenizou. — Já faz quase nove anos.

— Por isso não o vimos mais no hotel. Sentimos a falta de vocês.

— Essa é a primeira vez que venho a Bari, depois que ele se foi. Faltou coragem antes. Mas não me hospedei no hotel, o qual chamávamos de "nosso" — ela sorriu.

— Imagino que deva ser difícil.

— Muito! Mas o trabalho e a vida dele era manter as pessoas vivas. Então, eu preciso continuar.

Ela pediu um prato que José indicou e almoçou acompanhada por suas lembranças. Depois, despediu-se do amigo e retomou a sua caminhada.

À frente do restaurante, ela vislumbrava as ruas que por tantas vezes trilhou com a sua família poliglota, sem saber qual rumo tomar.

Então, decidiu que iria para um lugar que lhe traria muitas recordações, mas também onde poderia estabelecer uma comunicação direta com o Universo e toda a eternidade que lhe pertencia.

Quando já se encontrava no sopé da montanha, a lembrança era a do acidente, no dia em que descobriu que Marco era médico.

Subindo com o teleférico, a visão deslumbrante da imensidão nevada.

Ao chegar no topo, uma avalanche de lembranças a soterrava: o restaurante, o aluguel de esquis, o "esquibunda", a pista de esqui, a neve de Bari — que parecia ser tão diferente de qualquer outra... de qualquer outro lugar.

Ela admirava a paisagem, que a remetia à eternidade e que, em muitos momentos, dividira com Marco.

Sílvia alugou esquis e desceu, por duas vezes, a pista. Na primeira vez, suavemente, como se Marco estivesse ao seu lado. Mas, na segunda, como se estivesse tentando vencer a velocidade de Frédéric.

Por fim, teve em vista refugiar-se dos turistas em uma ponta da montanha, onde havia uma pedra à mostra e um penhasco. Lugar onde estivera com Marco e Frédéric, mas o qual Marco desaprovava, por ser perigoso.

Ela sentou-se à beirada do penhasco e, enquanto apreciava a infinitude do lugar, sentiu-se finita. E se pôs a monologar com o Universo:

— Um dia, nenhum de nós existirá mais. Todos teremos partido. E eu desejo muito que, quando esse dia chegar, possamos levar conosco todos os bons momentos que passamos e todo o amor que sentimos em nossos corações.

Ela pensou em Marco e conversou com ele, porque, desde que ele partira, parecia que essa seria a primeira vez que ela acreditava que ele pudesse ouvi-la:

— Amor! Minha casa! Sinto tanto não ter estado ao seu lado no momento da sua partida. Mas saiba que, se meu corpo não esteve ao lado do seu até o fim, minha alma e meu coração permanecem. E sempre permanecerão. Quando você se foi, deixei que a felicidade se fosse com você, porque acreditava que você fosse o meu amor. Mas só hoje compreendo que o amor que você sente é seu, e o que sinto é meu. Hoje entendo também que amar é maravilhoso... eu sempre amarei você. Tenho saudades...

Ela respirou mais profundamente, enquanto secava uma lágrima que rolava em sua face, antes que congelasse.

— E... eu e o Frédéric procuramos cuidar um do outro, mais ele de mim do que eu dele. A culpa foi sua, que o apresentou para mim — ela sorriu. — Obrigada por isso. Agora, o seu garoto precisa encontrar alguém que o ame como ele merece. E eu... sentirei a falta dele, porque eu o amo. Mas não posso prendê-lo ao meu lado. Mesmo sem querer, já o prendi por tempo demais. Ele se tornou um homem maravilhoso. Você teria orgulho dele. Mas chegou a hora de eu cuidar dele, porque preciso que ele seja feliz. Feliz, como você deve estar junto à Ane.

— Eu sou feliz, Sílvia! — Frédéric falou, enquanto se aproximava lentamente por trás dela.

Assustando-se, Sílvia pulou, mesmo sentada, e Fred a segurou pelo braço.

— Saia daí — ele pediu, sem largá-la. — Se você cair, ele nunca vai me perdoar.

— Fred! O que você está fazendo aqui? — ela o questionou, enquanto se levantava e afastava-se com ele da beirada.

Ele puxou o ar, fitando os olhos dela.

— Você não leu a carta que eu lhe deixei.

— Eu estava tentando facilitar para você.

— Facilitar o quê? Por que você acha que se afastar de mim facilitaria alguma coisa? O que mais eu preciso fazer para que você acredite que a única pessoa que quero que me ame é você?

— Nós nos afastamos, Fred. E eu sei que existe outra pessoa na sua vida. Não sei se ela o ama, ou se terá outra...

— Para, para, para! — ele franziu o cenho com estranhamento. — De onde você tirou isso?

Sílvia suspirou.

— Fred! Está tudo bem! Posso lhe garantir...

— Sei que está tudo bem! Isso ficou claro naquele bilhete que você deixou para me recepcionar. Mas não foi o que lhe perguntei — exaltou-se, olhando para ela com o semblante fechado, como ela nunca vira antes.

— Eu o vi no shopping. Faz tempo. Foi em uma noite quando você me disse que estaria com os seus amigos e... eu não segui você. Estava fazendo as unhas no salão, e você chegou na praça de alimentação com ela...

Ele fechou os olhos, assentindo com a cabeça.

— Sim! Você me viu jantando com uma mulher. Mas garanto que foi somente isso que você viu. Porque não aconteceu nada além disso. Para ser honesto com você agora, já que não fui antes, quando saí com ela, eu queria mais do que um jantar.

Sílvia começava a pensar que preferiria não ouvir o que vinha pela frente, mas ele continuou:

— Contudo, quando saímos do shopping eu a larguei em casa, me desculpando. Depois, fui encontrar-me com o amigo que me apresentou a ela, para me desculpar com ele também. Eu não fiz isso porque lhe prometi fidelidade, visto que nenhum de nós prometeu isso. Eu estava somente sendo fiel aos meus sentimentos. E os meus sentimentos sempre foram por você. Caso você tivesse lido a carta que eu lhe deixei, saberia disso.

Ele pegou a carta, que trouxera consigo, do bolso do casaco e entregou a ela.

Sílvia retirou a carta do envelope e começou a ler:

Sílvia! AMOR!

Sim! Embora você não me permita chamá-la assim, é assim que eu a sinto. E, por senti-la dessa forma, dói demais perceber que você me renega a segundo plano.

Amei-te desde o primeiro instante e nunca tive a menor dúvida de que te amaria para sempre.

Procurei, de inúmeras maneiras, tirar-te da dor que consumia a tua alma e os teus dias. Em muitos momentos, acreditei que havia conseguido.

Então, percebi que de nada adiantaria que eu tentasse, se você não quisesse. E você não quer!

Me parece que você acredita que, mantendo a dor, o manterá junto a você. Mas ele se foi. E eu sinto imensamente por isso.

Embora te amando tanto, meu real desejo sempre foi o de tê-lo conosco. E, com ele vivo, nunca me importaria de caminhar ao lado de vocês.

Mas não foi o que aconteceu. E, mesmo diante da ausência dele, você continua ao seu lado, me mantendo às sombras — e saiba que, por você, eu engoliria a escuridão e entornaria luz.

Ao convidá-la para essa viagem, busquei enfrentar os meus e os seus fantasmas. E acredito que, se nos proporcionássemos esse (re)encontro, sairíamos vencedores. Mas talvez você não queira vencer ao meu lado.

Sob a neve de Bari

Preciso que saiba que não retornarei, embora lhe tenha dito que passaria somente um mês.

Esperarei sempre, por teu amor, em Bari.

Fred!

Sílvia tinha os olhos marejados quando olhou para ele.

— Mas você voltou.

— Você não atendeu aos meus telefonemas. Não poderia deixar que algo de mal lhe acontecesse. Jamais me perdoaria. E... quando li o seu bilhete... confesso que fiquei furioso. Então, encontrei a carta que você jogou no lixo... Eu não quero a sua gratidão. Quero o seu amor! De uma vez por todas, coloque isto na sua cabeça: eu não perdi os melhores anos da minha vida. Sabe por quê? Porque em cada um desses anos você esteve ao meu lado. E U S O U F E L I Z! — ele quase soletrou, imerso nos olhos dela.

— Sinto muito, Fred! Projetei a vida da forma como acreditei que ela devesse ser e não percebi o quanto ela é perfeita da forma como é. NÓS somos felizes! Todos nós! Meu amor!

— Eu sou? O seu amor? — ele sorriu.

— Sim! E nunca duvide disso, porque eu não vou ficar repetindo — ela brincou.

Ele a abraçou, enquanto suspirava aliviado.

— E o que faremos agora?

— Sempre houve um mundo fora de mim para se viver. Agora, ele existe dentro de mim também. Então, proponho vivermos, amor! Vamos viver! — ela exclamou, virando-se, ainda abraçada a ele, e caminhando pela neve única de Bari, que continha em si a cor, o sabor, a textura e o olor da eternidade.

Enquanto caminhavam, deixavam para trás somente as pegadas de uma história de amor, que se manteria pelo tempo que o Universo permitisse, ou... até que a neve voltasse a cair.